徳間文庫

警察庁私設特務部隊KUDAN

ジャパン・ガンズ

神野オキナ

徳間書店

目次

design：coil

くだん（ＫＵＤＡＮ）

件とも書く。幕末頃から伝わる妖怪。

牛から、あるいは人から、人の頭と牛の身体（からだ）、あるいは逆に牛の頭に人の身体を持って生まれ、生まれたと同時に人言を解し、喋（しゃべ）る。

人に害を為すことはない。

歴史に残る大凶事の前兆、あるいは警告として生まれ、流行（はや）り病、凶作豊作、天変地異、戦争など重大なことに関して様々な予言をし、凶事が終われば死ぬ、という。

序章　五万円の銃撃戦

☆

東京の八月は、三〇度超えが、もはや酷暑（こくしょ）と呼ばれるまでもなくなって、久しい。

日が落ちてもそれは変わらない。

酷（ひど）く蒸し暑いその路地は、メイド喫茶の裏手に通じていた。

坂持真（さかもちしん）は、メイド喫茶の出入り口が見渡せる、大きな金属のゴミ箱の陰に屈（かが）み込んだ。

最近めっきり改良されて呼吸がし易（やす）くなったはずのマスクの間から、漏れる興奮した呼気でメガネが曇る。慌ててマスクの位置を直し、そのうえにメガネが載るようにする。

秋葉原の華やいだ喧噪（けんそう）は、このしばらくの疫病（えきびょう）騒ぎで陰りが見えてきたが、それでもこの裏路地のうらぶれぶりよりは遥（はる）かに賑（にぎ）やかだ。

時間は夜九時をやや回っている。

真は、背負っていたダッフルバッグから、白い、まるで巨大なステープラーのような拳銃を取り出した。

自動拳銃だが、一見すると、それらしくない。

引き金はある。

白い、3Dプリントされた積層痕もくっきりしたボディからは黒い、金属の銃身と、その真上にT字型のバーが伸びている。

一番の問題は、引き金を引くときに握り込む、グリップ部分が殆どないことだ。

人差し指を本体に添え、薬指は本体下のリング状の部分に入れて銃を持ち、中指で引き金を引く変わった仕様になっていた。

付属していたコピー用紙に書かれたマニュアルには、人差し指で相手を指差すようにして撃つと当たる、と書いてあった。

何とも安っぽいが、二万円で買える拳銃だ。贅沢は言えない。

グリップの中には丸っこい、小さなロールケーキを思わせる形状の、これまた樹脂製の弾倉が、細すぎる鉛筆のような小さな銃弾を八発納めているのが付属してくるが、真はさらに三万円出して、そこからドラム型の三十連弾倉を購入して、塡めた。

銃身の上から伸びるT字型のバーに二本の指をかけて思いっきり引くと、テレビでお馴染みの「じゃこん」という金属音がして、初弾が薬室の中に入る。

ぞわぞわとした興奮が、真の背中を駆け上っていく。

これから自分が人を殺すという計画が、現実になるという実感。

手に汗を掻きそうで、真は何度も銃を持ち替え、掌を穿いたチノパンにこすりつけた。

視界の隅に、二ヵ月後の日付に、インターネットと表現規制に対する政府へのデモを呼びかける、萌え絵のポスターと、それを覆い尽くすように、そのデモへのカウンターデモを呼びかけるネット右翼系のポスターが貼られているのが映った。

(けっ、お前等なんかに世の中が動かせるもんかよ)

冷笑して、真は優越感に、マスクの下で鼻腔を膨らませた。

(俺は人を殺すんだ。お前等みたいに、群れてワッショイしてる奴らとは違うんだよ)

購入してから、郊外の廃ビルで十発ほど試し撃ちした。

充分に狙えるし、撃てるし、人が殺せる。

一昨日、保護センターから引き取ってきた、捨て猫と棄て犬を標的にして、生き物を殺す予行演習は済ませた。

これから真が撃つのは、自分が通っていたメイド喫茶の店長だ。

真は、そこの店員の一人に恋をした。

三十九歳になって、自称・十八歳の少女「トリエラ」に入れあげた。

初めて彼女と会ったのは秋葉原の路上だ。そこでチラシを渡されたとき、他のメイドたちと違い、彼女は自分に目を合わせて微笑(ほほえ)んでくれた。

小柄で胸が小さく、清楚なセミロングの少女。プロフィールによるとバイオリンが趣味だという。

チラシを持って店に行ったとき、顔をおぼえていてくれた。

彼はその場で会員証を作り、毎日のようにメイド喫茶に通った。

行けば彼女が微笑んでくれる。

それが、派遣作業で追われる真の生きがいになった。

派遣の仕事の給料の半分を、メイド喫茶につぎ込んだ。

スタンプ一個、三千円分の飲食で押されるポイントカードは、何枚も満杯になった。

十枚目のポイントカードが満杯になったとき、真とは正反対の、すらりと背が高く、山羊鬚(やぎひげ)の似合う店長が、親切に囁(ささや)いた。

「あと五百万あれば、彼女はとても助かります……借金があるんですよ」

三週間、悩んだ。

真はもうすぐ四十。できれば五十代の終わりからは、安穏な生活をしたい。

僅(わず)かながら株の取引もしていたが、それは用心しながらの小さいもので、二十年かけて、何とか一千万を超えたばかりだった。

自分が派遣に残るために、見栄を張った経歴を作った。年下の同僚をいびり抜き、辞めさせるように仕向け、上司にはへつらった。派遣先によっては見栄を張った経歴を見破られそうになり、上司と同僚がいがみ合うように双方に、ありもしないウソを流して、職場を崩壊させたこともある……そうして「あの修羅場を収めたのは僕です」と次の面接で話した。

自分のせいで死んだ同僚は三人。気にしなかった。

人を助ける余裕なんかない。自分が生き残るのに必死だった。

一千万は老後の資金になる予定だったのだ。

迷いに迷い、意を決して、口座から五百万を引きだした。

それを、店に行って、ケーキ屋の紙袋に入れた札束を、そっと彼女に手渡した。

「借金あるんでしょ？」

中身を見て、彼女は喜び抱きついてキスしてくれた。

「十時になったらお店の裏に来て」

言われた通りにすると、彼女はホテルへ彼を連れて行った。

真は童貞だった。

あとは彼女に夢中になった。

一番大きな借金は返せたが、細かいものがあると彼女は言った。

言われるまま、真は毎日の様に銀行にいっては十万、二十万と引き下ろした。

そして、最後の二十万を、勤務先の原宿の支店のＡＴＭから引き出そうとしたとき、同じメイド喫茶のメイドが、彼を呼び止めた。

彼女はこの数ヵ月でみるみる太り、それを気にして店を辞めたとトリエラは言ってた。

「それ、トリエラのためのお金ですよね？　止めたほうがいいですよ、坂持さん。店長とあの子、グルなんです」

言われた言葉の意味が判らなかった。

今になって考えてみれば、どこから見ても典型的な美人局だ。

だが、自分を胎内に受け入れてくれて、甘く囁いてくれた女性が実は、という事実は現実に身の上に降りかかってくると、大抵の犯罪被害者同様、そうだとは思えない。

昔と違い、二十キロも太ったという、その元メイドは、同じことを強要され、拒否したら脅され、食生活が不安定になって太ったら、クビになったという。

「ウソだと思うなら、八時に、店の屋上に行ってみたらいいですよ。店長、そこでアオカンするのが好きなんです」

アオカン、という言葉の意味が、一瞬理解出来なかった。

「それじゃ……」

元メイドだった女性は、逃げるように去って行った。

以前は制服のカフス袖で包まれていた手首に、リストカットの痕跡が幾つも見えた。

狐につままれたような思いだったが、暫く経って葛藤が襲ってきた。

そうかもしれない、という怖れと、そんな馬鹿なことがあるか、という焦燥。

真は言われるまま、仕事を休んだ。

混乱した気持ちのまま、メイド喫茶のある雑居ビルに侵入して、屋上の貯水槽の陰に隠れた。

月曜日の夜八時。

イチャイチャする男女の声がして、店長とあのメイドの娘が屋上に来た。

「もうサイテーなのよ、あいつ。短小で包茎で、入れてもフニャチンだし、勝手にイッちゃうしさ。おまけにあたしがバイオリンが趣味だってのを頭から信じててコンサートのチケットとかくれようとすんのよ!?　ったく!」

「そんなにダメかー?」

笑いながら店長はトリエラを抱き寄せて唇を重ねた。

声を上げそうになる自分の口を、慌てて真は押さえた。

後のことは、元メイドの忠告通りだった。

二人は屋上で下半身を繋げ、如何に真から金を巻き上げるか、そろそろ次の手を考えるという話から、客の男たちが如何に寂しい、ブサイクで気持ちが悪い連中か、という嘲りになり、やがて店長の男性器とメイドの娘の女性器の賞賛に夢中になり、最後は声を殺した獣の交わり、喘ぎ声になった。

ふたりがクライマックスを迎えたとき、真は涙が止まらなかった。

男として、あのメイドの娘をあのような声に、表情に、肉体の反応にすることが出来ない、自分自身のオスとしての能力の低さを決定的に見せつけられたからだ。

それ以上に、自分をただのＡＴＭとしてしか見ていない、彼女の心根を聞いたことが、衝撃だった。

ふたりは満足して口づけをかわし、服を整えて、何食わぬ顔で店に戻っていった。

殺意、というものが重く、腹の中に落ちた。

「ふたりとも、殺してやる」

ひび割れた唇から、押し殺した声を出して、真は決意した。

が、腕っ節はあちらのほうが上だ。

店長は引き締まった身体（からだ）にタトゥを入れてるような人間で、元半グレという噂もあった。冷静になって調べると、このメイド喫茶自体が半グレ集団の資金源になっており、メイドは皆、そのカラミで借金や、言いなりになるしかない事情を背負って働かされているのだった。

店長の名前は羽間田俊彦（はまだとしひこ）、トリエラの本名は葛西敬子（かさいけいこ）と言うらしい。女のほうも札付きで、ネットで検索すると、中学時代に店長と組んで、二人もいじめ殺した人の屑だと判った。

優しい、笑顔と夢の空間の裏にある、荒（すさ）んだハリボテの中身を、容易に真に見せてくれた。

そんな中、真はネットの噂を知った。

その人に正義があれば、二万円で、銃が買える。

荒川沿いのとある駅の公衆トイレ、掃除用のロッカーの扉の裏に、使い捨てのメッセンジャーアドレスの二次元バーコードがあり、それを使うと一回こっきりだが、安全に銃が手に入ると。

真はダメ元でその駅へ向かった。

昭和の時代から残っているような、古い、小便のアンモニアの匂いがこびりついたような黄色みがかったトイレの奥、立て付けの悪い扉を開くと、その裏に小さな、切手サイズの二次元バーコードを印刷した紙が四枚、ピン留めされていた。

一枚を剝がして、そのままトイレの個室に入り、悪臭立ちこめる、汚れた便器を前に、早速バーコードを変換アプリで撮影し、メッセンジャーアプリの中に入る。

と早速「JG」と書かれたアイコンが現れ、

「銃が欲しいの？」

と聞いてきた。

「欲しい」と返すと「なんで？」と聞いてきたので、事情を一気呵成に打ち込んで、ひと息つく度に送信した。

最後の一文……屋上で見た光景と話を、泣きながら送信した。

「わかった。正義はあんたにある」

と、銃の写真付きの返事が返ってきた。

「一挺二万。弾十発付き。送金プリカでよろしく」

「弾がもっと欲しい」

「あと三万つけてくれたら、三十発入る弾倉とあと十発の弾つけるよ♪」

問題ない。五万円で買うと答えた。

「三十分以内に二万五千円×二枚、どれかのプリカ買って、一枚の番号送信よろしく♪」

そういって、向こうがずらずらと使用出来るプリカのブランドを表にして送ってきた。

「受け取りは？」

と聞くと、

「送信されたら教える」と返事が来た。

言われるまま、大急ぎで駅の側（そば）にあるコンビニで指定されたブランドのうち、世界最大手の通販サイトのものを二枚購入して、そのコンビニのトイレの個室で、番号を写真に撮って送信した。

一分まって、と返信が来て、時間きっかりに「確認した」と返事が来た。

そこから三〇〇メートルほど離れたコンビニに、「忘れ物をした」と言えと返事が来た。

落としたものは青い、子供向けアニメのビニール財布で、中身は百円玉一枚、十円玉一枚に五円玉一枚（一一五円）、そしてコインロッカーの鍵だ、と。

合わせて、いいご縁、の意味らしい、と気付いた。

鍵は赤羽駅のコインロッカー。そこに銃があると。

驚く程の速さだった。

確認したら、残り半金の番号を送信しろ、と言われた。

急いで赤羽駅に向かう。

夕暮れの、ラッシュアワー手前の電車に乗って、なんとかコインロッカーを見つけた。

鍵に刻まれた番号のロッカーを開ける。

中にはケーキ屋の紙袋が入っていた。

よりにもよって、真が最初に五百万を手渡すときに使ったのとおなじ箱。

皮肉に、頬(ほお)が歪(ゆが)む。

中身を確かめる。

札束ではなく、白い拳銃とドラム弾倉、そして通常弾倉が一本入っていた。

使い方を書いたコピー用紙が無造作に、四つ折りになって、入ってる。

「受け取った?」

とのメッセージに大きく頷(うなず)き、真は袋を小脇に抱え、残りの番号を写真に撮って送った。

四日前のことだ。

そして、今。

真はゴミ箱の陰で息を潜める。

雲は重く垂れ込めてきていた。ゲリラ豪雨が来るかも知れないが、それはむしろこれからやる事を考えれば好都合だ。

営業時間が終わるのは午後九時。

中の掃除や翌日の準備、儲けの精算をして、従業員が解放されるのは十時頃。

やがてドアが開いて「お疲れ様でした～」の声と共に、私服に戻ったメイド店員たちが吐き出されていく。

真を騙した、あのメイド、トリエラはいない。店長と一緒に、中で札束を数えて笑っているのだろう。

怒りが却って真を冷静にした。

メイドたちは、駅のほうに向かい、反対側の、真の隠れたゴミ箱へは来ない。

十一時を回った。

わずかに点いていた、店の明かりが全て消える。

派手なヒョウ柄のボディコンシャスなワンピースにスカジャンを羽織ったメイドが出て

きた。

少し遅れて、おそろいの、龍の刺繡が入ったスカジャンをつけてジーンズ姿の店長が出てくる。

ゴロゴロと、空で雷が鳴り始めた。

大きく息を吸い込んだ。心臓がこめかみの辺りでドクドクと脈打つような気がした。

殺す、殺す、殺す。

雨がいきなり滝のように、ざあっと地面に降り注ぎ、輻射熱（ふくしゃねつ）で乾ききった、熱いアスファルトやコンクリートに触れて、蒸気に変わる。

殺す、殺す、殺す。

さらに三回、自分に言い聞かせ、真は路地を飛び出した。

「ビッチ野郎、死ねえ！」

蒸気がまだ地面に立ちこめる中。

店長が懐に手を入れて出すまでの間に、真は重い引き金を十回引いた。

赤く塗装された空薬莢（からやっきょう）が舞う。

思わずトリエラと名乗っていた女が、両の手を突きだして顔を庇（かば）うが、銃弾はその手にプスプスと穴を開けた。

「いったあああいっ！」

叫ぶ相手の、こめかみにも銃弾が当たる。

背けた顔の眼の辺りから何か、潰れたピンポン球のようなものが落ちた。

22口径は世界的に子供の入門用と言われるほど反動が小さく、同時に威力も小さい。

それでも、急所に当たったときの破壊力は銃弾としては充二分にある。

「トシヒコぉ！　眼が痛い、眼が！」

「ケイコ、おい、お前左の眼がないぞ！」

トリエラの顔を見て、店長は吐いた。嘔吐物がその顔にかかるのへ、真はさらに十発を撃ち込んだ。これで残り十発。

悲鳴と苦鳴、女は顔を左右の手で挟み込むようにして、その場にくたくたと崩れた。

「この野郎！」

嘔吐物でスカジャンの襟元を汚しながら、見覚えのあるものを店長は真に向けた。

自分と同じ銃だ。

ただし、弾倉は十発しか入らない。

勝った。

そう思って残り十発を、店長の顔にぶちこむべく銃口をあげ、引き金を引いた。

一発は店長の耳たぶを吹き飛ばした。

「ぎゃあ！」

情けない悲鳴を上げて、店長がうずくまる。

二発目。がちん、と音がして、銃は動かなくなった。

「え？　うそ、うそ！」

マニュアルを思い出し、ガチャガチャとT字型のバーを動かそうとするがビクともしない。

「この野郎、ケイコと俺の顔に何しやがるんだ！」

店長は銃口を向けて引き金を引いた。

こちらも弾が出ない、撃針の音もしないところを見ると、初弾が装塡されてないのだ。

真は不発になった弾を排莢すべく、ガチャガチャとT字型バーを引っ張った。

不意に発射の乾いた音がして、バーを引っ張っていた左の指先が吹き飛ぶ。

うっかり銃口の前に指を出したところ、発砲してしまったのだ。

泣き叫ぶ余裕はなかった。

その時ようやく相手も初弾を装塡して撃ってきたのだ。

銃弾が、真の頰に当たる。

奥歯が砕け、顎の肉の中で銃弾が停まった。

口の中に鉄錆の匂いがどっと広がり、激痛と共に、腹の底から怒りが湧き起こる。

22口径は小動物を撃つ為のもので、人相手には滅多なことで致命傷にはならない。

「しねえええええ！」

叫びながら、真は店長と三メートルの距離で、撃ち合った。

豪雨が二人の身体をぐっしょりと濡らす中、雷鳴にかき消されるぐらい小さな、子供の拍手のような発射音が連続する。

だが、僅か直径六ミリの弾丸は、その二発以外、当たらないまま、二人の銃は弾丸を撃ち尽くした。

いや、真にはまだ、ある。

最初から付属する、予備の十発入り弾倉と、オマケの十発。

ドラム弾倉を外して放り出し、弾倉を装填する間に店長が駆け寄って真のクビを両手で絞め上げた。

「死ね、このクソデブ、オタク、人の屑！　死ね！　死ね！　死ね！　死ね！　死ね！」

絞め上げられる中、真は弾倉をはめ込んで、T字型のバーを動かした。

そして、相手のスカジャンの嘔吐物に汚れた胸の真ん中に銃を押し当てるようにして、引き金を引く。

一発、二発、三発。

四発目を撃った瞬間、真の首で骨の砕ける音がして、同時に、店長の目から光が消えた。

ふたりは、そのまま折り重なって、動かなくなった。

「イタイよぉ、イタイよぉ……だれか、だれかあ……」

へたりこんで、弱々しく声を上げるトリエラの声が、店長と真の身体から流れる血と共に豪雨に紛れ、下水へと流れ込んでいった。

第一章　走れ犬ども

☆

『試験開始します』

埼玉の奥。廃棄された大きな流通倉庫のあちこちに設置された、ベコボコに外板の歪んだスピーカーから、割れた音声が響き、重なるように銃声が轟いた。

陸上競技に使う、スターター用の紙火薬のほぼ二倍の音、と言われる22口径の銃声だ。

橋本泉南の隣にいた、元自衛官を名乗っていた男が右の眼から脳漿をまき散らしつつ、くたりとくずおれるのを咄嗟に支え、その死体を盾にすると、三発ほど撃ち込まれた。

中肉中背、目立たない雰囲気だが、鋭角な線で構成されたシャープな顔立ちをした橋本が、死体の陰から撃ってきた方角を見やると、そこにはリボルバーを構えた八人の男たちがこちらへ向かってくる。

死体を貫いていないところからすると、口径は38口径以下、一瞬見えた銃の形状からすると、秋葉原で使われたZiP.22の改良型――最近、現場の捜査官から「コーハク」と呼ばれてるものだ――に違いない。

22口径、弾倉や部品の一部は、22口径としてはオールタイムベストセラーの称号を持つ名品、スタームルガーのスポーツライフル10／22のものが共有出来ることが売りだったが、オリジナルは酷い作動不良が頻発し、作った会社を傾けたほどの代物だ。

ところが今、日本においてたった二万で出回ってるこの改良版はその装塡用のバーをT字型にしただけではなく、色々と改良が加えられ、快調に作動するものらしい。

『君たちの相手は八人、彼らは十連発の自動拳銃と予備の弾を十発持っています。君たちは無腰だが、この工場のどこかには、三十連弾倉付きでM4ライフルが、六挺あります』

スピーカーからの、五十がらみの温厚そうな男の声が、無情に続く。

『あなたたちはプロなので、それぐらいのハンデがあって充分でしょう？』

楽しげに、声の主の笑い声が響く。

『最後に生き残った二人が採用、ということになります。それまでは充分に殺し合ってください』

橋本は自衛官の男の死体を引きずりながら、コンテナが積まれ、迷路のようになった工場の奥へと逃げ込み、走った。

同じ様にして、そばに居た人間の死体を盾に迷路に飛びこんだものは六人。

入ってきた時の人数は十人だったから、最初の一撃で四人死んだことになる。

生き残りのうち、ふたりはコンビを組んだか、どちらかが、ちゃっかり便乗したらしい。

『さあ走れ、犬ども！　走れ！』

楽しげな声がスピーカーから聞こえ、橋本は声の主を殺してやりたい誘惑に駆られたが、辛うじてそれを抑え込み、迷路の奥へ走り込む。

角を三つほど曲がって、積み上げられたコンテナと、コンテナの間に指をかけた。

乾いた銃声が、迷路の中を散発的に響く。

とにかく上に登る。

橋本が考えたのはそれだった。

スマホも財布も置いてくるように、という指示だったし、入り口で武器は取り上げられた。

今の橋本は丸裸に近い。

幸い、この迷路は二つの海運用輸送コンテナ二つを積み重ねてある。同じ通路に来ない限り、遠くから撃たれることはない。

22口径なら、当たっても、一発で致命傷になることはほぼ、ない。

まして相手は……あのアナウンスを信じるなら素人だ。

コンテナの上に登ると、橋本は走った。

上に登れば、その分、ものが見やすくなる。M4アサルトライフルを探すことが先決だった。

☆

一ヵ月前。

「どうぞ、私のおごりです」

赤坂の高級レストランで、丸まっちい外見をした、いかにも良家の育ちらしい、おっとりとした雰囲気の栗原は頷いた。

橋本の前にも高級フレンチが並んでいる。

嫌な予感がした。

このところ、栗原との打ち合わせは、彼が好む量たっぷりで安い店だ。ジャンクフードまではさすがにないが、量と値段を重視している。

そこでエシュロンを始めとした海外からの「犯罪予測情報」を与えられ、そこに並ぶキーワードから、「これから起こる犯罪」を探り当て、未然に防ぐ……これが橋本たち「KUDAN」に与えられている仕事だ。

だから、場所は別に公園のベンチでもいい……それだと目立ちすぎるから元上司と部下の会食という形を取っているに過ぎない。

警察庁の警視監とはいえ、給料が莫大なものではないのだから、それは当然ではあるのだが。

高級な場所に連れてくる、というのは、大抵それに見合った厄介ごとを断らせない雰囲気を作るためだ。

「そう言えば、変わった違法拳銃の購入方法があるそうですね」

そして栗原は坂持真が経験したことと同じ「購入の仕組み」を口にした。

「扱っている拳銃は一種類、ZiP.22というアメリカで失敗した拳銃を改良して、3Dプリンターで主な部品を作って出しているそうです。付属の弾丸は十発。どれも真っ赤な薬莢」

「捜査本部では、この前から『コーハク』と呼んでるそうで」

「ま、本体が白くて弾の薬莢が赤い。紅白饅頭からの命名でしょうね。ドメスティックでとても日本の警察らしい」

「マンジュウ、じゃ面倒くさいですしね」

「マンジュウ」は警察の隠語で「オロク」と並んで「死体」を意味する言葉でもある。

「で、自分に何をしろと？」

「まあまあ」

前菜をゆっくり平らげ、穏やかに栗原は微笑(ほほえ)んで橋本を制した。

「ワインでもどうですか？」

「では、この店で一番高い奴を」

むすっとした表情で橋本は答えた。

公安警察にいた頃から、ロシア回りだったので、橋本はワインには詳しくない。ましてフランス料理に合うものとなれば。

怒りもせず、栗原は頷いてウェイターを呼んだ。

「マルボウと、公安、マトリがそれぞれ動いてましてね」

「そうでしょうね」

銃と暴力団、銃とテロ、銃と麻薬、どれも繋(つな)がる話だ。

「直接販売してるのは、半グレ系の人たちらしいです。問題は彼らがどこから武器と弾薬を手に入れてるか、ですが」

「3Dプリンターによる作製、じゃありませんでしたっけ？」

　マスコミが回収された銃器をそう分析しているだけでなく、マニア、専門家と呼ばれる連中も同じ見解だった。

　ガラクタ同然のオリジナルを、見事にアレンジして快調に作動するようにしてあるそうだ。

「銃本体はそうでしょうが、どうしても金属を使わねばならない部品というものがあります。銃身にバネ、ネジもそうです。銃弾にはさらに雷管と火薬、薬莢が要ります」

「弾薬は密輸ですか」

「ところが、その形跡が無いんですよ。現在の所押収された銃は三百挺、それぞれに平均十発の弾丸がついてきますから、三千発の実弾がついてきます。オプションでは三十連弾倉と弾薬……つまり、最低でも、その三倍から五倍の弾薬があるということです」

「22口径じゃ、弾の製造元も判らないでしょうね」

　22LR弾は、通常の弾丸と違い、薬莢の底面全体が雷管になっている。このため、普通の弾丸なら存在する底面のメーカー刻印が存在しない。

　メーカーの在庫から流出ルートをさぐるという手が使えないのだ。

「気になるのは、黒色火薬を使っていることです」

「今時ですか？」

黒色火薬は、花火などに今でも使われている煙の多い火薬だ。

今は無煙火薬が銃火器に使われる弾薬としては主流で、同じ分量でも威力が高い。

「ひょっとしたら銃器同様、これも国産ではないか、ということでしてね」

「………」

橋本は考え込んだ。

実を言うと、銃の密輸というのは、銃弾が大量に出回ることに比べれば大した問題ではない。

なぜなら、銃は弾がなければ、ただの置物だからだ。小さすぎ、軽すぎて、鈍器にすらならないものもある。

安全、かつ確実に銃弾を発射する機能こそが、銃に求められるものの全てであり、それ以外のデザインや性能は全てこの下に位置する。

「密造拳銃より密造弾薬のほうが問題です」

「ですね」

「ＪＧという組織がこれの管理流通をしているそうですよ……正義の銃（ジャスティス・ガン）の略称だとか」

「初耳です」

「私も先月、詳細を聞きました……半グレたちに銃と弾丸を卸している組織です」

「なるほど」

「公安の『ゼロ』が三人、中に潜入したものの、二人までが死体で発見されました」

「…………」

「そして最近、銃器犯罪はうなぎ登りに増えています。今月に入って『コーハク』がらみの事件が四十件を超えていることになってますが、これは東京だけです。全国で言えば二百件を超えています」

「ええ、ニュースで見ました」

「コーハク」を使った強盗、傷害、殺人事件の数はこの所うなぎ登りに増えている。

警視庁と検察庁は協力し、全国統一でローラー作戦を展開する予定だと報道で高らかに宣言していた。昭和四十年代に暴力団に対して行われた頂上作戦の規模だという。

「この国は銃になれていません。それは幸せなことですが、同時に、銃を魔法の武器だと思い込んでいる……とみに、昨今は極左と極右の対立軸にプロ市民とネット右翼が割り込んできた……どちらも、一般人に浸透しているだけに、その浅慮さでは同質です。彼らに比べれば、まだ革マルや連合赤軍のほうが、武器や暴力に対して自覚的でした」

「つまり、そういう連中が、アメリカのＢＬＭ（ブラック・ライブス・マター）運動の時の『ブラックブロック』を生み出す、と？」

「ブラックブロック」とは大規模デモの際に、参加者を装って暴動や略奪を行う連中のことを指す。中身は反政府主義者だったり、愉快犯だったり、あるいはただの犯罪者だったりするため、デモ主催者はもちろん、アメリカ政府も対応に苦慮している。

「彼ら自身はそんなつもりはないでしょうが、自意識過剰、ならぬ無意識過剰は彼らの特徴ですからね」

「なんです、その無意識過剰ってのは？」

「集団でいることで思考力を失い、あたかも一つの巨大な生物のような無意識下の連帯で、動いてしまうということです」

「今日はいつになく辛辣ですね」

「そうもなります。二ヵ月後の、表現規制に反対するデモと、そのカウンターデモで、警備部は大騒動ですからね」

今の内閣でもネットの表現規制の急先鋒である某議員が、国会議員、及び各大臣も含め「尊重される個人である」とし、「ネットやSNSにおける、ありとあらゆる謂れのない誹謗中傷はこれを禁止し、中傷者が出た場合、その情報開示を令状無しに公安と警視庁が行うことが出来る」とし、さらに「前回の疫病流行の際に開発された個人の位置情報と移動経路の情報を、必要があれば警察と政府が入手できる」とするふたつの法案をぶち上げ、二ヵ月後、与党圧倒的多数の国会で、これが通ろうしているのだ。

となれば、栗原の立場からしても神経質にならざるを得ない。

「そこで一発の銃声が起こって、誰かが倒れたら……ですか」

「ええ、市民闘争の最悪のパターンです。日本版の南北戦争になりかねない、ボリビアやソマリアのような内乱になるのは避けたい」

「随分、公安も内調も出遅れてるんですね」

「言葉も無いですね、そう言われると」

栗原はそっ気なく続けた。

「三人目を助ける為に、四人目になってくださいな」

「簡単に言いますな」

「ええ。あなたの金主(きんしゅ)ですからね」

「で、公安はどこまで？」

「何も知らせてません。どこから漏れているか判りませんから」

「すみませんが、フレンチだけでは困ります」

橋本は唐突に言った。

長い付き合いだ。こちらの都合を無視して、すでに色々確定しているのは間違いない。

「何が要りますか？」

案の定、栗原は「話が早い」とばかりに微笑んだ。

「特別ボーナスとして、五千万と、赤身肉のステーキ一ポンド」

むすっとした表情で、橋本は答えた。

ＫＵＤＡＮも橋本も、栗原の資金をメインにして動いている。捜査の過程で手にした現金や貴金属は、こちらの自由にしても構わないという条件付きだが、そうそうボロい儲けになる捜査はない。このところ、資金が焦げ付き気味なのは明らかだった。

投げ出すことも考えてはみたが、性分として、一度引き受けたものを、自ら放り出す無責任は出来ない。

矜持（きょうじ）と言うより意地だった。

となれば、この潜入の仕事は断ることなど出来ない。

なら、取れるだけ取る、そう思った。

「では、もう一つおまけをつけましょう。君、私をぶん投げてください」

一瞬、ぽかんとしたが、すぐに橋本は事情を理解した。

つまり、ここで「決裂した」という芝居を打つ必要がある――つまり、相手はこちらの素性ぐらい、あっという間に、突き止めることのできる相手なのだ。

そして、橋本は随分久しぶりに満面の笑みを浮かべた。

「喜んで」

橋本は立ち上がると、テーブルの対面にいる栗原の襟元を握り、くるりと反転しながら見事な一本背負いをかけた。

☆

その翌日、橋本は、懇意にしている（といえば当人は嫌がるだろうが）経済ヤクザの足柄という男を通じて、ＪＧの「人材募集」に応募し、この生死をかけたテストに挑まされている。

橋本はコンテナの上を走った。

足音を殺す余裕はない。

どうせ同じことを生き残った奴か、追っ手のほうにも考える奴が出る。

橋本の予想通り、下のほうから舌打ちと罵り、銃声が散発的に起こった後、靴底がコンテナの壁や天井を踏む音が連続した。

橋本と同じことに気付いたのだ。

迷路の上を走り、橋本は迷路の中央に、Ｍ４アサルトライフルが三挺、互いの銃身を交錯して立てられているのを見た。

「いたぞ、撃て！」

右手の奥で、ジャージにアポロキャップの男たちが、白い拳銃を構えるのが見えた。

乾いた拍手のような、小さな銃声が連続する。

銃弾が身体を掠める。コートの裾に穴が開く。

橋本は焦る気持ちを抑えて、コンテナの上に伏せ、転がるようにして爪先から落ち、地面に爪先がつくと同時に、横に転がって膝の側面、太腿、背中を丸めて、身体の横全体で着地の衝撃を逃しながら立ち上がった。

部下の一人〈ツネマサ〉が自衛隊員で、落下傘で降下する際、安全に地面に着地する時に行う五点着地を習っておいたのは正しかった。

一挺を取って違和感を覚える。

セレクターにセミオートはあるが、フルオートがなく、三点バーストしかないのはＡ１になる以前、最初のＭ４だから当然だ。

違和感は別の所にあった。

軽すぎる。

装填棹を引いてみると、排莢口から見える弾倉の中は空っぽだった。
残り二挺も確かめたが、弾倉は空だ。
『ああ、そう簡単に終わるのはつまらないので、完全なM４は二挺しかありませんよ』
楽しげな声をスピーカーが流した。
「くそったれ！」
思わず投げ捨てようとして、橋本は思いとどまった。
そのまま最初に手にしたM４を持って走る。
上のほうでは銃撃の音が響き始めていた。
逆に今は地上のほうが安全だ。
走る。
角を曲がり、行き止まりを戻る。
一度走った路は憶（おぼ）えている……公安時代からの特技だ。
やがて、幾つか折れ曲がった角の向こう、通路の途中で、コンテナの扉が開いていると
ころを見つける。
橋本より早く、二十歳（はたち）そこそこの若い男が中に駆け込んだ。
追いかけて、アポロキャップにジャージ姿の男が二人、コンテナの上から飛び降り、こ

ちらも橋本同様、見事な五点着地をして起き上がると、コンテナの中に駆け込んだ若い男の背中に銃弾を浴びせた。

弾丸は男の背中に二発ほど撃ち込まれたが、22口径だ。よほどの急所でない限り「我慢」は出来る。

それでも、五寸釘を打ち込まれたぐらいには、痛む。

若い男がM4のチャージングハンドルを引いて、構える。

初弾は間違いなく薬室に送りこまれ、引き金が引かれた。

銃弾がさらに、若い男の頭に集中した。

さっきの五点着地といい、即座に頭に狙いをつけるやり方といい、ジャージの連中もアマチュアとは言え、それなりの修羅場をくぐっているらしい。

何よりもZiP.22改……コーハクの扱いに慣れてる。

だが銃弾は青年の頬と鼻近くに当たるだけで、致命傷にはならない。

青年がM4を撃った瞬間全ては終わる……筈だった。

かち、という音がした。トリガーだけが落ちた音。

完全分解の整備の後、撃針を入れ忘れたときに起きる音だ。

アポロキャップのジャージ連中が、せせら笑いしながら、ゆっくりと銃を構え直す。

橋本はM4を握り直し、飛びかかりながら台尻で一人の頭を殴り飛ばすと、銃声を背中に聞きつつ、返す刀で、もう一人のこめかみをぶん殴った。

隙の出来た腹に爪先をめり込ませる。もう一人の背中に、また台尻を叩き込んだ。

「大丈夫か！」

振り向いたが、青年は突っ伏して動かない、仰向けにすると、眼と鼻の間に一発、銃弾が撃ち込まれた跡があった。

さっきの一発だ。

橋本ではなく、彼に向けて放たれ、運悪く眼と鼻の間から頭蓋骨の中へ弾丸が飛びこみ、脳をかき回したのだろう。

橋本は、死んだ青年のM4アサルトライフルから弾倉を外し、自分の銃にはめ込むと初弾を装塡、倒れたジャージ姿の若いのが、起き上がろうとするので、その後頭部に向けて、セレクターを三点バーストにして引き金を引く。

乾いた音と、慣れたAK74の鋭い反動とは違うマイルドな反動と共に、ジャージ姿の若い奴の頭に穴が開く。

どうやら、M4には弾倉以外はまともなものと、弾倉以外がまともではないもの、の二種類あるらしい。

やつらの拳銃を取った。

ZiP.22改。なんとも気味の悪い銃だ。

コートのポケットに、中指で引き金を引く銃をねじ込み、もう一人の銃から弾倉を外す。

奥と、手前から人の足音がした。

コンテナの中に足音を殺して逃げ込み、奥へ隠れる。

「くそ、遅かったか」

「奥行くぞ、奥!」

開きかけた扉の陰から、ジャージ姿にアポロキャップの男たちが走って行くのが見えた。

動きは良くできているが、心がけが素人だ。

プロならコンテナの中に注目する。

とりあえず安堵しながら、橋本は床に落ちているM4から、弾倉を拾い上げた。

三十連弾倉がこれで二本になる……と安心しそうになった途端。双方に違和感がある。

『ああ、そう簡単に終わるのはつまらないので、完全なM4は二挺しかありませんよ』

あの、軽くて陰険な声が脳裏をよぎった。

触ってみると、ひとつに詰まっているのは全て、訓練などに用いられるダミーカートだった。

雷管の部分にぽっかり穴が開いている。

もう片方は上の十発が本物で、下はダミーカートだ。

陰険な「テスト」だった。

「くそったれ」

言いながら、橋本は実包十発だけを移し替えた。

今塡まっている弾倉も点検する……こちらは全て実包のようだった。

やがて、けたたましい5・56㎜口径弾の発砲音が響き始めた。

どうやら「完璧な二挺」を誰かが手に入れたらしい。

橋本は、銃声の方向へ向けて、走った。

コンテナの迷路の最奥部に、二十畳ほどの、ひらけた場所があって、そこでジャージ姿の男が、橋本と同じ私服の受験者をM4で射殺していた。

その周辺には、同じジャージ姿の奴が四人、私服の受験者が今倒れたのもふくめて三人。

折り重なり合うようにして倒れている。

「ああ、あ、あと三人だ、あと三人どこいったぁ！」

「こっちだ」

橋本は、言うと同時にM4を三点バーストで撃った。

ジャージの男の額と喉、鎖骨の辺りに次々と銃弾があたって、男はそのままくたりと倒れ込んで動かなくなる。

男のそばにおちたＭ４を拾って弾倉を外してみる。

一発だけ、残っていた。

恐らく、この一挺を巡って争い、この男が幸運にもＭ４を摑み、引き金を引いて群がっていた仲間も敵も皆殺しにしてしまったのだろう。

結果、興奮の余り、橋本が来ることに気付かなかったのが運の尽き、だったようだ。

まだ、何人残っているのか……さっぱり判らない。

橋本はコンテナの壁を背にし、残りの連中が来るのを待った。

二分ほど経過して、遠くで銃声が聞こえた。

乾いた、22口径の音。

連続して三回。そして重いものが地面に倒れる音が重なった。

『はいはい、試験終了』

スピーカーから再び、温厚そのもののような声が聞こえた。

『おめでとう、元公安の橋本泉南さん。あなただけが生き残りました……って、参ったねえ』

軽い笑い声が、スピーカーから響く。

『あと一人残るはずが、撃ち合って二人とも死んじゃった。まいった。ホントに』

そしてスイッチの切れる音がして、暫くすると、M4ライフルと防弾ベスト、ヘルメットに銃を構えたまま使える透明樹脂の防弾盾を持った男たちが十人ほど橋本の所へやってきた。

素早くこちらを狙い、隙が無い。

（こいつらは、プロだ）

先ほどまでのジャージ連中の動きの甘さや躊躇（ちゅうちょ）の雰囲気がない。

（間違いなく兵隊上がりだ）

警官は最後までどこか人命重視の緊張感と殺意の中間を纏（まと）わせるが、彼等にあるのは殺意だけだ。

「銃を捨てろ」

先頭の男が命じ、橋本は従った。

ポケットの中の「コーハク」も弾倉ごと棄（す）てる。

先ほど「二名生きていたのが撃ち合って死んだ」という話をしていたところを見れば、何処（どこ）かに、複数の監視装置があるのは間違いないし、そこで武装を隠し持っていれば、この連中の前では死を招くだけだ。

素早く、男たちの一人が駆け寄り、橋本の武器を回収する。

「いやあ、見事だったよ、さすが元外事一課、ロシア(FSB)人相手に撃ち合いして勝っただけのことはあるねえ」

先ほどまでスピーカーから聞こえていたのと同じ、軽いのりの声がして、兵士たちが左右に分かれた。

黒いセーターにストーンウォッシュジーンズという出(い)で立ちの男がやってくる。

頭は丸刈り、短く整えられた、頬髯(ほおひげ)と口髭(くちひげ)の繋がった、いわゆるカストロ髭を生(は)やしている。

洒落(しゃれ)たデザインの細身の眼鏡。これで小脇にタブレットPCでも抱えていれば、渋谷や原宿辺りのカフェで、ひとつ数万円のフェイスガードとマスクをしながら、華麗にリモートワークをしているIT関係者だ。

「俺のことはお見通しか」

何処までなのかは判らないが、橋本は探ることはせず、投げやり気味にいった。

「まあ、採用試験ってのは書類選考があるものさ。我々は親切だから当人に履歴書を書かせない……しかしまあ、華麗な履歴だ。公安外事一課の花形として、外国を飛び回り、最後はFSB職員だった連続殺人犯をロシアに引き渡さずに射殺、窓際に行った後に上司をぶん殴って退職、さらに昔の上司の伝手で裏金作りに駆り出されて、その上司とも先週決裂……間違って公務員になったタイプだね」

ニッコリと、実のない笑みを浮かべて、男は両手を広げた。

「最後、私情に駆られての行動なのが素晴らしい！」

目は笑っていない。

「僕のことはミカサと呼んでくれ……ようこそ、JGへ！　君の求める正義はないが、金にはなるぞ！」

第二章　部下

☆

「僕のことはミカサと呼んでくれ……ようこそ、ＪＧへ！　君の求める正義はないが、金にはなるぞ！」

そう言って、ミカサは尻ポケットに挟んでいた札束を放り投げた。

「支度金だ、二百万ある」

「家に戻っていいのか？」

「いや、ここから先はそのまま職場に住み込んで貰う。その代わり、一度だけＡＴＭに行くことを許可する。そこから君の気になるところへ送金すればいい。今借りている事務所の家賃の引き落とし口座とか、マンションの管理費の口座とか、色々あるだろう？」

「なるほど」

橋本は溜息をついた。何もかもお見通しらしいが、さすがにケイマン諸島に作っておいた口座までは把握していないらしい。

もっとも、KUDANを始めるに当たって開設したものだし、普通は元公安職員がケイマン諸島に関わること自体、考えられる話ではない。

が、油断は出来ない。

このミカサと名乗る男は、橋本が目を通した、どの資料にも、顔写真はおろか、名前さえなかった。

（本物の黒幕に雇われたはぐれ者か、それとも、最近増えてきた半グレの進化形、ってやつか）

第一、最初のテストの段階で殺し合いをさせた上に、武器にまで仕掛けをしていくような人間だ。

手の内を全部晒すようには思えない。

橋本は、じっとその顔を見据えた。

「面白い反応だね」

ミカサは笑った。

「文句を言うでもなく、目を伏せるでもなく、まっすぐにこっちを見るか」

「今、ぶん殴るべきか、それとも二百万拾って拝むべきか迷ったところだ」

「ウソだね」

ミカサは口元の両端だけを、薄くつり上げた。

身体(からだ)を軽く揺する。

「君は、僕を見透かそうとしている。動作、言葉、その他モロモロから、昔何処(どこ)かの資料で読んだ過激派だとか、宗教関係者に該当者がいないかどうか、頭の中のファイルをめくってる顔だよ」

橋本は答えなかった。

それが答えになることは理解している。

代わりに、札束を軽く爪先で蹴って転がした。

一万円の札束ふたつの間からカミソリが転がり出て、鈍く光る。

それも四枚。

勘定するか、ATMにそのまま突っ込めばそれだけで騒ぎになる。

「クズ野郎だな、あんたは」

「まあね」

軽く肩をすくめて、ミカサは笑った。

一瞬、コイツが公安の潜入捜査官ではないか、という可能性の発想が、橋本の脳裏をよぎったが、間違いだと気付く。

公安「ゼロ」の潜入捜査官の中には、「役」に入り込みすぎて戻れなくなる者や、やりすぎてしまう者もいる。

だがこの、橋本の目の前に居る男は違う。

これが演技なら、とっくに事件は解決している──つまり、この男が先に潜入した公安捜査官二名を始末したに違いない。

ハンカチを取りだして、札束を取る──この男なら、札束の表面に毒を染みこませていてもおかしくはない。

念の為に二、三回札束の半ばを摑んで振ってみると、さらに一枚、カミソリの刃が出てきた。

「新札を寄越せ」

そう言って橋本は札束をミカサに放り投げた。

「毒もカミソリもない奴だ」

楽しげに、声だけでミカサは笑った。

冷え冷えとした眼が、橋本を見つめる。

☆

「ホントに〈ボス〉と連絡取れないんですか？」

御徒町のＫＵＤＡＮの拠点(アジト)で、ゴツい角刈りの自衛隊上がり〈ツネマサ〉が、たまりかねた表情で、香(かおり)に質問を投げてきた。

「無理よ。相手は潜入捜査官を二人も始末してきたんだもの、どこから情報が漏れるか、正体がバレるかわからないし」

毎朝、盗聴機を探してクタクタの香は投げやりな声で、答えた。

今回のＪＧはかなり手強(てごわ)い。何しろ公安の内偵を受けて半年、返り討ちにしてしまうほどだ。

公安の潜入捜査官の遺体は、どれも北海道の小さな漁港と、青森の田舎町の漁港に打ち上げられる形で見つかっており、死後一週間経過しているため、歯形でようやく誰かが判明したほどだ。

ＪＧという組織自体、ドコに本拠地があるかが判(わか)らない。

半グレたちの持つ販売ルートへの仕入れはウェブ登録の宅配システムを使って行われ、幾人もの手を経ているため探索が難しく、探り当てても数日前に取り壊しになった建物だったり、野中の一軒家で、監視カメラが皆無な場所であったりと、色々と複雑だ。宅配システムやアプリの線から探ろうとしても、大抵がオニオンルーターなどを駆使し、どこからの依頼なのか、警視庁のサイバー犯罪課でも突き止めるにはあと三ヵ月必要だという。

間違いなくダークウェブ犯罪。となれば、橋本を筆頭にした香たちＫＵＤＡＮにとっては思い当たる名前が出てくる。

ＩＮＣＯ。犯罪者のユーチューバーとでも言うべき、ダークウェブでの犯罪主催者。

彼らは用意周到に、自らは手を汚さず、大規模犯罪を引き起こし、その成否を実況中継し、賭け事に持ち込むことで大金を得ている。

その「手」は広く、長く、警察や並みのハッカーでは太刀打ち不可能なほどに速い。

だから、橋本が潜入捜査をすることになったとき、彼は全ての繋がりを断ち切った。

潜入したこと自体、栗原と香たち以外は知らない。公安にも教えていないという。

つまり「勝手に潜入、捜査し、壊滅の手伝いをする」ということになる。

報酬は五千万。

「私たちはタダでも構いませんのに」

香の対面のソファに腰を下ろした、腰まである髪も艶やかな〈時雨〉が呟いた。

大人しげな美人、という風情に反した、ジーンズにＴシャツ、革のバイカージャケット、バイカーブーツなのは彼女がバイクにハマっているからだ。

それがチグハグに見えないのは大きな二重瞼の眼と、外国人のフィットネス選手さながらの豊満な胸と腰つきのお陰だ。

「〈ツネマサ〉さんはともかく、私と〈トマ〉くん、〈狭霧〉には収入がちゃんとありますし……」

「お金は重要なの」

香はジロリと、この元死刑囚の美女を横目で睨みながら告げた。

「お金ナシで犯罪対策させていったら、あなたたち、神様になっちゃうからね。お金は大事なの」

「そういうものでしょうか？」

「まあ、確かに一理あるよねえ」

〈時雨〉の隣にある三人掛けソファに寝っ転がって、爪を百円ショップで売ってるスティック状の紙ヤスリで削りながら、褐色の肌に金髪に染め、髪の毛をアップに纏めた、中東系の長身美女、〈狭霧〉が頷いた。

彼女は一番新しいKUDANメンバーだ。

タンクトップにタンカーパンツ、ジャングルブーツという出で立ちがこちらはぴたりと似合っている。

「あたしら、無法者だけど越えちゃいけない一線ってもんがあるでしょ。自分の好き嫌いでひと殺しを始めたらマズイし……精神が、さ」

「そういうものでしょうか？」

心底不思議そうに〈時雨〉は首を傾げた。

「まあ、〈時雨〉さんにはちょっと判らない感覚かもね」

〈狭霧〉が溜息をついた。

「ねえ、〈トマ〉、なんとかなんないの？　ハッカーでしょ？」

「無茶言わないでくださいよ」

隣のパーテーションの向こうで、新しいマザーボードを納めるべく、パソコンを弄りながら、〈トマ〉が呆れた声を出した。

「そんな『スーパーハカー』様だったら僕、もっと儲けてます！」

〈トマ〉は色白で、中性的な顔立ち、まだ十代の少年のような身体つきの青年だが、ＫＵＤＡＮのメンバーとしての覚悟は出来ている。

「ダークウェブの連中って資金は豊富だし、手段選ばないから危険なんですよ。ここだってレーザー盗聴機使われてたら一発で僕らから〈ボス〉の正体までたどり着きかねないんですよ……本名も知らないけど」

「お互い、本名を名乗らせてないのは、そういう意味でも安全装置代わりなんだけどね」

香もまた、ここでは別の名を名乗っている。

「レーザー盗聴機は自作も出来ますからね。そう簡単には防げません……よっと、塡まったー！」

歓声を上げる〈トマ〉に肩をすくめ、〈ツネマサ〉はぽんぽん、と部屋の真ん中にある装置を叩いた。

「でもこいつで何とかなるんだろ？」

〈ツネマサ〉が叩いているのは盗聴防止装置。

人間が音を判別できる周波数は二十～二万ヘルツまでの範囲とされ、その中で最も人間が敏感に聞こえる周波数帯域が四千ヘルツ以下だという。

通常の会話では五百～二千ヘルツの範囲だから、四千ヘルツ程度までの周波数帯域の雑音を発生させれば、会話は盗聴されなくなる……という理屈で作られ、壁と天井、そして窓に設置された複数のスピーカーを通して六千ヘルツまでの雑音をフラクタルに発生させることで、雑音の中に会話や生活音を埋没させてしまうという代物だ。

「それだって、雑音と音声を分離しようと思えば出来ます……まあ、雑音の中には歌声とからラジオの音声も混ぜてるから、時間は掛かるでしょうけど」

「気にしすぎるとノイローゼになりそうだ」

「仕方ないですよ、こういうのって疑えばキリが無いですから。完全に開かない鍵がないのと同じです、オマケに悪魔の証明ですし」

「なんだそりゃ？」

首を捻る〈ツネマサ〉にニッコリと〈時雨〉が説明する。

「存在するものを『ある』と証明するのは楽ですけれど存在しないものを『ない』と証明するのは難しい、という奴ですわね。陰謀論者の説得が難しい、という理由としてよく聞きますわ」

「な、なるほど、そ、そうですか。うん、判りました！」

ぎこちなく何度も頷く〈ツネマサ〉を見て、香と〈狭霧〉は顔を見合わせた。

（まるで中学生ですね）

（まあ、そういうこと）

女同士で視線で会話をし、小さく、当人たちには見えないように溜息をついた。

☆

橋本はそのまま頭から、今は閉店した高級ブティックが配布していた、黒いビロードの布袋を被せられ、中古のライトバンに乗せられた。

春日部の中をかなりの遠回りをした挙げ句、何度も車を乗り換え、越境して更に走ると、潮の匂いが近づいてくる。

(海か)

ここまでに大体六時間はかかっている。こちらの方向感覚を誤魔化すため、というより神経質に、尾行を警戒しているようだった。

車が停まり、おろされ、歩かされた。

「船に乗る。右手を伸ばしてろ、手すり使え」

後ろから、最初に橋本に武装解除を命じた男が短く告げた。

言われた通りに手を伸ばすと、金属のポールの先端と、そこから伸びるロープが指先に触れて、数歩歩くと波間に揺れる船へと続く板の感触が靴底から伝わってきた。

傾斜がついている。

言われたまま、よたよたと足下に注意しながら歩き、船の甲板らしい、先ほどまでの渡り板とは違うしっかりした感触の木の床に降り立つ。

かなり大きな船だ。

頭の袋はまだ取って貰えない。

魚の臭いが濃厚にした。

埼玉に海はない。ここまでの方向からすると、恐らく相模湾に面した所だろう。

公安外事一課に配属されたばかりの頃、一時期、ロシアから、ＦＳＢの日本支部における資金源として、大量の麻薬が上陸する、という情報が流れ、新入り全員で関東一円の海岸沿いをあちこち走り回ったことがある。

実際にはそれは巧妙なガセで、金塊が青森のほうから密輸され、新米だった橋本たちは「裏の裏をかく」ための囮に使われたのだが。

おかげで大洗から、相模原あたりまでの海の風景は、ある程度頭の中に入っている。

さすがに、一部の漁師のように、潮の匂いまで嗅ぎ分けることは出来ない。

船の甲板から船室に押し込められる。魚と酒の匂い、ディーゼルオイルの匂いがむせかえるようにやってくる。

船の中には十人近い人の気配がした。

「よし、出港しようか」

ミカサの声が聞こえ、ハキハキとした返事が戻り、エンジンの音が響き始めた。

「座れ」

橋本は肩を押されて言われるままに腰を下ろした。

微かに湿ったシートの感触。

耳を澄ませると、「平塚」という言葉が無線から聞こえて来た。

(ここは平塚の港か)

思いながら橋本は背もたれがあるかどうか、探りながら背中を反らせた。

鉄の壁の感触。

暫く背中を預けて眼を閉じる。

疲労感もあって十数分ほど「落ち」た——今さら緊張してジタバタしてもはじまらないと腹をくくっている。

潜入捜査であろうがなんであろうが、仕事の間はとにかく、眠れるときは寝ておくことだ。

「おい」

銃口で、肩を小突かれる直前に目を醒ます。

布袋が取られた。

いきなりの光に眼を奪われないように、眼を閉じて、しばらく明かりに慣らしてから、橋本は片方ずつ眼を開けた。

予想通り、何処かの大型漁船の操舵室。

久々に触れる外気が、魚とディーゼル油と、男たちのむせかえる汗の匂い、というのは頂けないが、それでも視界が戻るのはありがたい。

「で、何処へ行くんだ？」

「僕たちの基地だよ」

ミカサが答える。

「基地？」

「そう、基地」

漁船は外海に進路を取っているようだった。

（公海上のアジトだったか……ということは表向きは豪華客船、ってところか）

公海上は日本の法律は及ばない。

世界一周をするようなクルーズ船は、そこでならカジノを開いても咎められることはない。

例の疫病騒動で、収益ががた減りしたこの手のクルーズ船の運営会社を札束で黙らせて協力させる、というのは考えられないことはない、が……。

(そんなに長く停泊させられていたら、さすがに公安も気付くだろうに)

首を捻る。

栗原から横流しされた資料には、洋上の話は欠片もなかった。

もっとも、相手は公安「ゼロ」である。身内さえだまし討ちにする組織だから、栗原へ全ての資料が渡っているとも言い切れない。

だが、その場合は海上保安庁、海上自衛隊などが察知しているはずだ。

今現在日本の公海ギリギリで、船同士で荷物の積み下ろしを行えば、それは北朝鮮への「せどり」と呼ばれる密輸行為としてまず注目を浴びるはずである。

だが、殺された公安が港に流れ着く理屈は理解出来た。

海上投棄されれば、潮流に乗ることもあるだろう。

ミカサは興味深そうに橋本を見る。

「なにか聞きたいことがあるんじゃないのかね?」

(ここが、最初の選択だ)

橋本は直感した。

このミカサという男は、常に他人を試さずにはいられないタイプだ。

間違った答えを出せば、即座に減点され、ある点数を下回れば、誰であろうと切り捨てる。

（この男はどんな人材だと俺を思っている？）

元公安、上司に逆らう反逆者、間違って公務員になった男。

（どんな人材を求めている？）

銃器インストラクター、非合法組織の、口が硬く、裏切り者ではなく、忠誠心の高い。

金でなんでもする男。人が殺せる男。

最後の部分は証明した。

では、口が硬く、裏切り者ではなく、反逆者らしい人物。そして、金のためなら、プライドさえも、ある程度曲げられる男。

そんな男ならどうする？

沈黙、という選択肢もあったが、それは真っ先に排除した。

ミカサが求めているのは反応だ。無反応ではない。それは不審を呼ぶ。

それにここで沈黙を選ぶような男なら、まだ、公安にいる。

「海の上に工場作ってるのはわかるが、俺は訓練用に雇われたインストラクターだと聞いたが？」

「広い船だ。基礎訓練だけ出来りゃいい」

「あの『コーハク』じゃ、ロクな戦争はできんぞ」

「あんなもので戦争なんかできるわけがないさ」

「じゃあなんでやる？」

「戦争じゃない、動乱だ。僕らが用意しているのは動乱なんだ。つまり、混乱……、Chaosってやつだ」

「で、いくら払ってくれる。いつ払う。そしていつ使わせてくれる？」

「払うのは今だってやる。いくらかと言われれば五千万。足柄(あしがら)から聞いてるだろ？　安心したまえ、ビタ一文負けるつもりはない。ただし、使用できるようになるのは、仕事が終わってからだ」

「いつまでに終わる。何をすれば終わりになる？」

「僕が終わりと言うまでだ」

「大雑把(おおざっぱ)で良い、スケジュールを切れ。そうじゃなければ訓練の予定なぞ立たん」

「…………」

ミカサの目がじっとこちらを見つめる。爬虫類というより、ガラス玉のように、感情が読み取れない。

「僕が、上司だ。雇い主だ」

「そうだ、雇い主だから忠節を尽くすためにはスケジュールがいる。終わりの見えない仕事は、単に物事を疲弊させるだけだ。何かをするたびに注文ばかりが入って、訓練スケジュールが前に進まないのはどうしようもない。ただのカカシを作るために俺に五千万円払うわけじゃないんだろう？」

「つまり、これも忠節の形ということかね？」

「俺は金を積まれた分だけの仕事はする。あんたが目的とスケジュールを切ってくれない限り、俺のやるべき仕事は途中で終わるかもしれないし、その始まりの部分で終わるかもしれない。工程表はどんな仕事でも重要だ。それが理解できない雇い主ならこっちから願い下げだな」

橋本は、感情のこもらない目でミカサを見つめた。

（これで、この男の心底が見える）

確信が、あった。

（これでキレて俺を解雇、始末するような男なら、こいつは偽物だ。上に誰かいる）

そしてこの男がＪＧのリーダーなり、重要人物なら、逆に橋本の言うことの正しさを理解する……そうでないのに、リーダーだとしたら、この組織はとっくに公安の「ゼロ」か、公安調査庁に潰されている。

「計画というものの意味がわかる人間で助かったよ」

ミカサはそう言って笑った。

相変わらず口元だけである。

「よかろう、スケジュールを切って目的を明らかにする。ほかに何か質問はあるかね？」

「飯と寝床と金の振り込みを知る方法、監視付きでも構わないから銀行に寄らせろ」

「女はいいのか？」

「必要になったら要求する。女を不必要に近づけると大抵ろくなことにならん」

橋本の大真面目な言葉に、ミカサは、またケラケラと笑った。

「さすが元公務員。真面目なんだな」

「験(げん)を担ぐ、って言葉の意味、知ってるか？」

橋本は真面目に続けた。

「俺は、色事と仕事を分ける主義だ。信用できないならお目付役でもつけろ。俺はとにかく、仕事をして、金が欲しい」

ミカサは無言で三秒ほど、橋本を見ていたが、すぐに大きくうなずいた。

「いいだろう。お目付役をつける」

これは少し意外だった。こういう流れになれば、大抵、一応の信用をして様子見になるはずだ。

（こいつらが捕まらないのはこの偏執的な思考回路のおかげか）

自分の、ミカサに対する見識を改める。

これはよほど考えないとダメだ。

やがて、船は速度を緩めた。

母船である工場船に移るらしい。

橋本も甲板に移動するように促された。

甲板に移ると、見上げるような貨物船の船側が見えた。

「第五イロハマル」の文字が読み取れる。

船尾にはためく旗、日本国旗だ。

どうやら、国内貨物船を工場に仕立て上げているらしい。やがて船からクレーンが、甲板に置かれたパレットの上の荷物をフックにかけ持ち上げていく。

「われわれは次のやつで行くぞ」

ミカサがそう言い、その部下たちが、次のパレットを包むネットをつかんだ。

橋本もそれに倣う。

幸いにも海は凪で、激しく上下に揺れることもなく、安全にフックを引っ掛けて、クレーンは荷物を貨物船の甲板に降ろした。

それから二つほど、荷物が積みこまれた。どうやら飲料水と食料らしい。レトルトパックなのだろう。よくスーパーなどで見る段ボール箱が見えた。

「こっちだ」

ミカサがそう言って促す。

巨大な貨物船である。総トン数は三万トンを超えるだろう。甲板には金属の大型コンテナがいくつも積み重ねられているが、よく見ると、それらは中央に行くと、いくつかのユニットに、まとめられる形で溶接されているのが、わかる。

つまり、甲板の上にあるものは、すべてダミーなのだ。

甲板を横切り、操舵室のある艦橋の根本にあるハッチを開けて、現れた急角度の階段を降りていく。

すると、そこではうるさい機械の音と、ノミや槌を振るう、甲高い金属音が幾百も重なって聞こえた。

町工場を三つから四つ、まとめて移動させてきたようだ。

働いているのは、外国人労働者も多いが、それ以上に目立つのは七十代から、八十代までの老人たちだ。

皆、痛々しいまでに薄汚れながら、真剣な眼差しで旋盤を操りプレス機を操っている。

その姿は、強制的に働かされているものの倦怠感や厭世感などは欠片もなく、むしろ鬼気迫るほどの緊張感と、喜びに満ち溢れているように見えた。

「あー、僕はちゃんと彼らの福利厚生には気をつかっているよ？」

ミカサは、興味深くそれを眺めている橋本に言った。

「彼らは、ここに来るまでの三倍の給料もらって、半分の時間を労働に費やしてるんだ。僕は福祉家なんだよ。ある意味ね」

それはそうだろう、と橋本は思う。

二年前からの例の疫病騒ぎで、中小企業、特に下町の工場関係は次々と閉鎖されたり合併したりの憂き目にあっている。

倒産して夜逃げする例も、枚挙に暇がない。

疫病騒動を理由に、これから先、福利厚生や支援金を、ただ食いつぶしそうな、体力のない中小企業を、この際に乗じて切り捨ててしまえ、という浅はかな与党議員の発案は、たちまちのうちに十万人近い失業者を生み出し、中には犯罪に協力するような武器や弾薬、違法な工作機械の作製を請け負う者たちが闇社会に溢れる結果となった。

これらの老人たちも、おそらくそういう人たちなのだろう。まして、日本へ人身売買も同じ地位協定や契約によって運び込まれ、牛か馬のように働かされている、外国人研修生ともなればなおさらである。

「こっちだ」

ミカサは、橋本を、工場ブロックの中央に位置するガラス張りの事務所の中に招き入れた。

ドアが閉まると、心地よい静寂が室内に満ちるのがわかる。

「では、君にお目付役をつけよう。……て冗談だよ、彼は、いや彼らは、君の部下だ。好きなように使いたまえ。殺さない限り、どう扱っても構わない」

そう言って、ミカサは、軽く手を叩いた。

事務所の奥、書類棚の向こうから二人の青年と少女がやってくる。

どちらもミカサと戦闘部隊以外の連中同様、紺のジャージ姿だ。

青年は背が高く、橋本よりも目線一つ高かった。

少女は逆に背が低く、橋本の胸元あたりまでしかない。

最初、少女の方は十代で、青年の方が二十代だと思ったが、その考えが間違いである事はすぐにわかった。

青年の表情はぼーっとしてはいるが、全体的な雰囲気は〈トマ〉よりも幼い。

逆に、少女がこちらを見る目つきは、まるでベッドの上で、M奴隷状態以外の時の香のように、しっかりしている。

女の方は陰鬱な表情を浮かべてはいるが、それはやや垂れ目気味の美人だからこそ余計に表情の暗さが目立つ。

右の目元に、泣きぼくろがあるのも、その暗さを強めているようだ。

そして、どちらも、橋本の部下たちよりも暗い影が顔を覆っている。

（人を殺しているな）

橋本は直感した。人を殺してしまったもの、そしてその罪を償わないまま、いや、罪を償っても、その行為の罪悪感を、背負ったままの人間の顔だった。

それも、一人や二人ではない。

（やはり、部下ではなくて俺のお目付役なんだろうな）

「姉の方はルイ、弟の方はアクトだ。二人ともカタカナ。姓はない」

「判った。よろしく頼む」

橋本は頭を下げた。

顔を上げると、二人とも驚いた顔をしている。

「どうした？」

橋本が訊ねると、

「い、いえ……よろしくお願いします、橋本さん」

「よろしくお願いします」

弟、姉の順番で、オドオドと頭を下げた。

どうやら、大人たちに大事にされたことが、あまりないようだ、と橋本は感じた。

東欧でも、日本でもそういう子供時代を長く過ごすと、大人の丁寧な物腰に、本能的な警戒心を抱くようになる。

思えば、最初に出会った時の〈トマ〉もそんな雰囲気を漂わせていた。

（あいつら、一体どうしてるかな）

頭の中を一瞬、今となっては懐かしい顔ぶれが去来していく。

「で、欲しいものはなんでもいいたまえ」

「じゃあ頼む」

橋本はここまで忘れていた大事なことを思い出した。

「ジャージはごめんだ。ワイシャツとズボンで俺は過ごす。予備と毎日のクリーニングをしてくれ」

☆

秋葉原の外れに、仮想通貨のマイニング施設を作って稼いでいるヤクザ、足柄太一は、今日も怠惰なうたた寝を始めていた。

彼の前にはガラス張りの部屋があり、そこで彼に借金を作ってしまった不幸なシステムエンジニアたちが、逃げ出せないように全裸で、マイニングのためのプログラム構築とスパムメールの送信作業をしている。

トイレとシャワーと食事をする場所はキチンと施設の中にある。

彼らの稼ぎが利息に追いつき、追い越したら自由の身になる……はずだが、トイチで増え続ける借金と、少しでも自由な金があると使ってしまう浪費癖のため、ガラス張りの部屋の中の男たちは、当分、自由になる予定はない。

「そろそろマイニングもしまいどきかねえ」

ソファベッドに横になり、ぴしっと決めた黒いスーツの上着を、手近な椅子の背に放り投げてかけながら、足柄は呟いた。

彼にとって、金は命だが、同時にありすぎても困る。

今、日本のヤクザは厳しい状況にある。

暴対法や出資法の網に引っかかるほど大きなシノギに手をつけるのは危険だが、なさすぎるのもまた、上納金を納める立場としては、困る。

みっともない生活は出来ないが、豪勢すぎるとマルボウ……組織犯罪対策課、通称ソタイに目をつけられて最後は手錠、ということになる。

「年収二千万、超えても下がっても生き地獄……か」

呟きながら、ソファの下から、マカデミアンナッツが詰まった衣装ケースの箱を取り出す。

ケースの中にはマカデミアンナッツの他に、ガンブルーも美しいカスタムリボルバーが二挺、入っている。

もちろん、モデルガンや、BB弾を撃ち出すトイガンの類いではない。

本物だ。

足柄の唯一の趣味が、この実銃コレクションだ。

この秋葉原の仕事場以外にも、あちこちに、それこそ軍隊が一個師団……とはいかないまでも、小隊クラスなら充分一週間は戦える武器弾薬をコレクションしている。

子供の頃から銃に憧れ、警官か、自衛官かヤクザになるかで迷った。

結局、警官も自衛官も銃を国から「貸与」されるだけで、銃をコレクションできないから、ヤクザを選んだ。

「兄貴、お客さんです」

表向きの商売であるメイド喫茶の、雇われ店長が血の気のない顔を覗かせた。

顔色の悪さは、タチの悪いシンナー常用者の不良だったころの名残りで、そのワリに整った顔立ちなのは、シンナーで溶けた歯を総入れ歯にしたのと、足柄から借金して美容整形したお陰である。

ただし、ヒモになるには精力がないことを思い知り、こうして雇われ店長をやっている。

もちろん、借金はまだ払い終えていない。

「客だぁ？」

「よぅ」

執事の格好をした店長を押しのけて、ひょいと入ってきたのは〈狭霧〉だった。鍛え上げた、一八〇センチを軽く超える彼女が入ると、室内が狭く感じられる。

「何の用だよ」

あからさまに不機嫌な顔になり、慌てて足柄は銃を足下の箱にしまった。

以前、〈狭霧〉に足柄は命を救われたことがあり、それを理由にこの前、彼が大事にしていた最新鋭の銃、キンバーK6S・357マグナムリボルバーを、M4A2ライフル他共々とぶんどられたことがある。

「俺はこれから寝るんだ。毎日七時間は寝ないと体調がおかしくなる」

そう言って被っていたソフト帽を顔に乗せる。

「あんたまさか、チクったりしてないよね？」

だが、構わず、〈狭霧〉はどかっと二十万もするコンテッサの椅子に腰を下ろした。

日本美人な〈時雨〉よりも頭ひとつ背が高く、筋肉質の〈狭霧〉の長身を受け止めても人間工学に基づいた高級チェアはびくともしない。

「するかよ。JGはおっかねえ組織だ、必要以上に親しくすると必ず死ぬ――取引の時、馴れ馴れしい口を利いた半グレが、何人行方をくらましてると思う？」

「なにそれ？」

「とにかく、詮索を嫌うんだよ。まあ日本で大々的に銃器密売——それも阿呆みたいな安価で全国流通を企む組織だから当然だろうけどな。同業者にしてみれば市場荒らしもいいとこだしよ」

「そんなにヤバい組織なの？」

〈狭霧〉は呆れたような溜息をついた。

彼女は少し前の事件で色々あってＫＵＤＡＮに入った新参だが、〈ボス〉（橋本）のことは信頼している。

何しろ、一度は命がけの殴り合いまでしたことがある相手だ。

「この日本で鉄砲大安売りしようって連中だ。ヤバくないわけあるか。テロ組織もいいところだ。ひょっとしたらロシアが絡んでるかも知れねえ。ＫＧＢ（カーゲーベー）ってやつだ」

「なにそれ？」

「ロシアの情報機関だよ」

実際には今、ロシアの諜報機関はＦＳＢなのだが、足柄にはどうでもいいことらしい。

「……で、あっちにいるうちの〈ボス〉に連絡は取れないってこと？」

「俺は紹介しただけだ。いっただろ？　必要以上に首を突っ込めば殺されるって。金払いはいいけど、そことバーターでみんな我慢してる。何しろ元値が一年間はタダだからな」

「タダ？　つまりタダで鉄砲配ってるの？」

「試供品無償配布は商売の鉄則、ってことさ」

足柄は何を今さらという顔で〈狭霧〉を見やった。

「今、奴らを必死で追ってるのは公安よりソタイより、拳銃密輸でシノギをしてるヤクザ関連だよ、俺は地道な金融ヤクザだ」

「ガンマニアのくせに？」

「好きなことは商売にしねえの……というわけで、さっさと帰れよ」

「はいはい」

言って、〈狭霧〉は立ち上がった。

帰ろうとドアノブに手をかけて、振り返る。

「ロシアのスパイ組織以外に、こんだけのことが出来そうな連中って、いるの？」

「いるさ」

ソフト帽を顔に被せ直しながら、足柄は笑った。

「ＩＮＣＯだよ」

「ＩＮＣＯ？」

「ダークウェブの……まあ、犯罪ユーチューバー、ってやつさ。儲かる金がユーチューバーとは桁違いだから、使える金は豊富にある。無償供与なんてお茶の子さいさい、ってやつだ」

古い言い回しで、茶化すように足柄は、答えた。

ＩＮＣＯ……即興芝居管理者という単語の略だ。

「ダークユーチューバーと呼ばれるのを嫌ってそう名乗っているらしい。ま、実際にはない新造語ってやつだな……おい、それ以上俺とお喋りするのはいいが、そろそろガラスの向こうの連中が女気がなくてオナニー始める頃合いだぜ？　観ていくのか？」

「ま、まさか！」

頭を振って、〈狭霧〉は慌てるように部屋を出て行った。

「へ……ガタイに似合わず純情なこって……」

去って行く足音を聞きながら、足柄は虚空を見つめて思考を巡らせた。

「そうかＩＮＣＯなら……ちと面白い稼ぎになるかもしれねえな」

何しろＩＮＣＯはその総数も、顔も知られていない。名前すら名乗らない。

「だけどなあ……あのヤバさはおっかねえしなあ……」

足柄は金勘定を頭の中で始めていた。

第三章　洋上訓練

☆

ＪＧ……ミカサの貨物船の甲板の下は、三層に分かれている。

一番上の層に銃器と弾薬を作る工場、二番目が作成物の倉庫、三番目が橋本（はしもと）がまかされた「兵隊」四十二名を訓練するための訓練場だ。

そこに橋本の部屋も与えられている。

「教官」

翌朝、アクトは、橋本の前に出頭するなり彼をそう呼んだ。

「俺のことをそう呼べと言われたのか？」

「はい、ミカサさんからそう呼ぶように、と言われました」

声だけは大きく、アクトはそういった。

教官室はかなり広い。といっても六畳一間程度の大きさだが。それでも、クーラーがあり、冷蔵庫があり、電子レンジとベッドがある。

ミカサの人心掌握術を感じるのは、テレビもラジオもないところだ。

外界の情報は全て遮断している。

この方がおそらく、密閉空間では、多くの人間を従わせるのに都合が良いからだ。

外界からの情報や刺激というものは統率においては重要な支障をきたすことがある。

「まぁいい、お前らのことはなんて呼べばいい？」

アクトは、戸惑ったような表情になった。

「じゃぁ、いつもみんなから、なんて呼ばれている？」

「4番、です」

つけたジャージの胸のあたりに、「4」の繡（ぬいとり）が見えた。名前の由来はそんなところだろう。

「じゃあなんでミカサはアクトと呼んだ？」

「仲間内で、名前で人を呼んで良いのはミカサさんとか、役職のつく、偉い人だけですから」

（さすがに、様はつけないんだな）

胸の内で、皮肉にそう思いながら、橋本は、

「じゃぁ俺は、なるべく君らを名前で呼ぶことにする。ではアクト、ここでの食事はどうなっている？」

と問いかけた。

「教官殿の場合は、この部屋まで食事を運ぶ段取りになっています。もうすぐ姉が持ってくるはずです」

「まるで、軍人なみだな」

「教官殿は、特別な方ですので、そういう扱いにしろとミカサさんに言われました」

（まるで、最初から教え込まれたことを繰り返してるようだ）

橋本は、この青年がほとんど、自由意志がない状態で育てられている可能性を、考慮することにした。

何しろ、この船の中では、味方はいない。敵を作らないようにすることが、そして的に悟られないようにすることが大事で、同時に自分だけの味方を作る必要性がある。

できれば、この青年を味方に引き入れられれば良いのだが、それにはこの青年とその姉を知る必要性があった。

「君たちの食事も、こっちに運んできなさい。俺と君たちは、これから相棒にならねばな

らない。だから、俺は君たちを知らねばならないし、君たちも俺を知らねばならない」

橋本に言われて、アクトはキョトンとした顔になった。

そんなことを、言われるのはおそらく、初めての事なのだろう。

「具体的には、どういうことをすればよろしいのですか？」

「まずは一緒に飯を食う。俺は、君たちについて質問し、君たちは俺について質問する。まずはそこから始める」

アクトは、奇妙なものを見るように橋本を見つめた。

その様子だけで彼らが、これまで、どのように扱われていたのかが透けて見えるような気がした。

だが、うかつな同情と推測は危険である。

同情と推測というものは、その人物にとって理解を早める結果になることよりも、「そういうもの」として十把一絡げにされる不愉快を与え、嫌悪を発生させることがある。

個別の人間として、それぞれのケースとして、憶測も推測も持たないまでに、考えることが、実際には相互理解には最も早い。

まして、現状、橋本は味方を作ることを優先せねばならない。

ここの主であるミカサは、ただでさえ、他人を信用しない人物だ。

当然のごとくそんな組織の中で、生き残っている人間は二種類になる。

彼の意を、暴君に仕える小心者の家臣のごとく、その考えを読み取り、その考えの通りに答え、行動し、考えることのできる人物か、彼の意を汲まないでもいい、低い立場でいる連中である。

橋本は前者になる必要性がある。

この目の前にいる青年は、そのどちらでもない。おそらく、将来性を買われているのか、それとも何か特技があるのか……。

ともあれ、せっかく最初に近しい場所に配された人材である。

この二人と仲良くなる必要性は充分にある。また、彼らに嫌われたのならば、彼らの敵が自分の味方になる可能性もある。

どちらにせよ、行動しなければ、その組織の中の仕組みや人物関係は見えてこない。

やがて、ルイが食事の載ったトレイを持って現れた。

一つの皿に、いくつもの料理を盛り込み、電子レンジで温めれば出来上がりという、典型的なTVディナーというやつだ。

それに野菜ジュースの入っているであろうコップがある。さらに、彼女の手にはビールの缶パックが下げられていた。

軍事教官というものがどういう意味で、どういう人物なのか、型通り程度には理解しているらしい。

「朝から酒はいらん。冷蔵庫にでも入れておけ。先ほど弟くんにも言ったが、君らはここで一緒に飯を食う。朝だけで良い、何か言われたら、橋本の命令だと答えてやれ」

ルイの目は少し違っていた。

いぶかしがるような、疑いの目だ。こちらは弟以上に、厳しい状況を生きてきたような反応だった。

（安易に人を信じない性分というのは、間違いなさそうだな）

橋本にしてみればむしろありがたい話だった。

ここまで露骨にそういう性根を見せてくれるという事は、逆に言えば、たとえミカサのスパイであろうとも、扱いが楽だということだ。

場合によっては、こちらの手駒になってくれる可能性もある。

とにかく大事な事は、期待せず思い込まず、ただ、ありのままの彼らを見つめ、推測し、思考を読み取っていくことだ。

「何をしている。早く食べ物を持ってこないか。今日から始まる訓練はハードだぞ」

こくんと頷くルイに対して、橋本は厳しく付け加えた。

「うなずくだけじゃだめだ、はいと答える。いつでもはいと答えるんだ。否定であろうと、まず『はい』といってからだ」

「……はい」

ルイは頭を下げながらも、こちらを探るような目つきでみた。

今度は貧乏神のような雰囲気が、おどおどした子犬のように見えた。

ルイのほうは、右目の泣きぼくろと垂れ気味の大きな眼のせいか、少し暗い印象を常に人に与えてしまうようだ。

「それと、人を見つめるなら、口元はもう少し柔らかくしろ、目を凝らすような表情をするな。今の君の見方では、多くの人がそれを無礼だと感じる。得する事は何もないぞ」

「！」

見透かされることはあっても、指摘を口にされたことはないのだろう、ルイの顔が羞恥と怒りで赤くなった。

おそらく、これまで大人たちをうまくあしらって生きてきた……少なくとも、当人はそう思って生きてきたのだろう。

だから驚くようなことがあると、動揺するより先に、自分を動揺させた相手への怒りが先に出る……防衛本能とプライド、双方が発動するのだ。

「急げ、駆け足！」

　橋本の命令に、二人は大慌てで部屋から駆け出していった。


　十数分後。


　二人は橋本と同じTVディナーを持って戻ってきた。

　どこかで停められて、二人が難儀をするかと思ったが、ミカサの命令で、橋本の要求が通る事はどうやら徹底しているようだ。

　橋本だから、なのか、教官だから、なのかはわからない。

　弟のほうは、幾分か嬉しそうな顔をしている。

　姉のルイのほうも、どうやら戻ってくる途中で気が変わったのか、やや表情が和らいでいた。

　時たま、二人とも微笑みながら視線を交わす。

（よほど普段はまずいものを食わされているのか）

　だとしたら、この二人の口を素直に割らせるのはたやすいかも、しれない。

「座れ」

橋本はそう言って、教官室のテーブルを硬いベッドの前に引きずっていくと、自分は、ベッドに腰を下ろしたまま、あとの二人は互いに並んで座れるようにパイプ椅子を並べた。隣り合って座るとき、アクトは普通だったが、ルイの顔に一瞬、弟に対する警戒の色が見えた。

（なんだ？）

見間違いではない。弟に触れられるのを、嫌がるようなそぶりがあった。

「明日は、もう一つ椅子を持ってくるように」

そう言って、火傷（やけど）をしないように、ＴＶディナーの包装を剝がす。

以前、外事一課にいた時に、あちこちで食べたが、懐かしい感じの食事である。

くず肉を丸めた乏しいミートボール、いちど塊（かたまり）にして大量に焼き上げた後、適当にミキサーにかけた、としか思えない自称スクランブルエッグ、じゃがいもとブロッコリーを、適当に刻んで混ぜて茹（ゆ）で上げ、胡椒（こしょう）をぶち込んだ付け合わせの野菜、ふにゃふにゃに伸びたパスタ。そして真ん中にデンと置かれたコッペパン。

「パンだけ別にして、そこの電子レンジで加熱しろ」

そう言って橋本は真ん中に置かれたコッペパンをとって命じた。

「おまえら二人とも一緒に温めろ。こういうものは大抵、そのままでは芯まで火が通ってない。硬いパンを食ってもうまくはないぞ」

「はい、わかりました」

アクトが立ち上がろうとするも、姉のルイが止めて、自分が三つのコッペパンを、電子レンジの中に入れて蓋をした。

タイマーをセットしてボタンを押す。

時間は指示しなかったが一分半というのが見えた。

（彼女は世話焼き好き、弟の面倒をほとんど見ている。多分、ここに来る前に家事手伝いの経験があるな……弟にとっては良い姉だが、同時に攻撃性にも直結してる）

同時に、弟のアクトのほうも見る。

（姉に仕事をとられて不満げな顔もしない。おそらくそういうことに慣れてる。実務は姉に任せきりのところがあるのかもしれない。先ほどからＴＶディナーの中を見ている表情を見ていると、少し単純なところがあるようだ。落ち着いていられないのか身体（からだ）を軽く叩いたり手を擦り合わせたりしているところを見ると、情動はあまり安定しない気がする。普段無気力に見えるのは、おそらく大人の世界で生きていくための知恵だろう）

橋本は、二人の様子を見て、頭の片隅にメモを取った。

こうして、それぞれのファイルを頭の中に作り、これから役立てていかねばならない。

組織の内情を探るよりも先にまず、信用を得ねばならない。

この二人は、その手始めだ。

「食べながら話そう」

言って、橋本はナイフとフォークを取った。

戸惑いの気配。

アクトとルイが顔を見合わせている。

手元を見ると、明らかになれない手つきでプラスチックのナイフとフォークを手に取ろうとしている。

「箸がいいか？　手摑みでも、って……馬鹿にしないでください！」

「て、手摑みでも、って……馬鹿にしないでください！」

ルイが真っ赤になった。

「フォークぐらい、使えます！」

怒鳴り声に、橋本は眉一つ動かさず、淡々と答えた。

「海外じゃ手摑みで飯を食うのは珍しくもない。俺もたまにやる。手の消毒さえしていれば、楽でいいぞ」

そう言って、橋本は、去年の疫病が流行して以降、蓋に付属する様になったウェットナプキンで手を拭い、おもむろに、ミートボールを摘んで口に放り込んだ。

「うん、美味い」

薄く微笑むと、姉弟は呆気に取られた顔になった。

（メンタルは、かなり幼い。おそらく十代前半、良くても十代半ばと言うところかな）

思いながら次々に中身を摘んでいき、最後にパンをちぎり、皿を拭う。

見ると、二人とも同じようにしていた。

（可愛いもんだ）

思わず微笑もうとする自分の感情を抑えた。

「ルイ、アクト」

自分の皿をゴミ箱に放り込み、橋本は訊ねた。

「ここでは普段、何を食ってる？」

「マッシュポテトとベジタブル、あと、ちっさいベーコンです！」

アクトが素直に答えた。

「こんな大きな、甘いお肉、僕久しぶりです！　それとパン！」

「アクト！」

ルイが声を上げ、アクトは下を向いた。

「普通に食べています。普通です」

ルイは胸を張って答えた。

「ここに来て、どれくらいになる？」

橋本は視線をルイに移した。

「関係、あるんですか？」

「ある。大いにな。お前たちがここに一年以上いるなら、ここのことはお前たちから教わる必要がある。半年なら誰に聞けばいいかがわかる。俺と同じぐらいなら、お互いに気をつけるべきだからだ」

ルイが驚いた顔になり、あきらかな戸惑いの表情になる。

「こんなに細かく質問に答える大人が珍しいか？」

こくん、と素直にルイはうなずいた。

「お前たちは俺の助手……俺は教官だから、お前たちは副官ということになる」

橋本は、二人の顔を交互に見て視線を自分の顔に集めた。

座っている位置を直して、二人の顔を並んで、斜めに見るようにする。

「つまり、お前たちは特別だ。だから、説明できることを説明する。だが、説明できないことは説明しない。つまり、お前たちを信用するということだ」

そう言われて、二人の顔がパッと明るくなった。弟のアクトのほうは、目を潤ませていたりする。

だが、姉のルイのほうは、すぐに疑わしげな表情になった。

「話せないことは話せない、ということは秘密はあるってことですよね？」

「当たり前だ。俺はお前たちの親でもなければ、友達でもない。だが、場合によっては命を預けるし、重要な任務を授けることもある。だから、対価を払う。それがこの食事だ。他にも俺がお前たちに与えられるものがあるならば、くれてやる。俺は報酬分の仕事はする。お前たちはどうだ？」

二人の目を見た。

明らかに、そして次第に二人の顔に動揺が広がり、それが感動に塗り替えられていく。

過酷な運命を生きている人間は、老若男女問わず、得るためにはまず与えねばならない、悪くすればまず、奪われて何も得られないということを知っている。

だから、無条件で差し出される救いの手さえ疑う。

だが、条件付きであると最初から提示されたものに関しては、「取引」として受け入れるものだ。

この姉と弟も、どうやらそういう心の動きになっているらしい。

「考えておけ。お互いに損はないはずだ」

言って、橋本はコップのぬるくなった野菜ジュースを飲んだ。

第四章　訓練とディナープレート

☆

食事を終えて、朝九時に、教官室から外に出ると、ミカサが、ずらりと四十人ばかりの男たちを従えて待っていた。

「待たせたか？」

橋本（はしもと）が問うと、

「まぁ、ちょうどよかっただろう」

「で、兵隊と言ってもどれくらいのレベルでやればいい？」

「どのレベル、とは？」

「つまるところ、走って撃って、警護ぐらいはできるレベルまでにするのか、それプラス、他人に発砲の仕方を教える位のことができれば良いのか、どっちだ？」

「うーん、そうだなぁ」

ミカサは考える素振りをした。

「まぁ、最低限鉄砲を撃って走って、そこそこ生き残れる程度であれば良い。贅沢は言わない。で、もちろん銃器インストラクターの真似事ぐらいはできるようにしてほしいね。僕は彼らを兵隊兼セールスマンにしたいんだ。だって、これまでにない斬新な商品にはデモンストレーションをする人間が必要だろ?」

ミカサの顔に、うまいことを言った、という満足げな笑みが浮かんでいる。ただし、それでも目が笑っていない。

「わかった」

橋本はうなずくと、四十二人の男たちの、真ん中の一人に視線をピタリと据えて、口を開いた。

「これから、俺がお前たちの教官になる。死ぬほど鍛えるが、それはお前たちが死なないためだ。とりあえず、どれだけお前たちが出来る身体かどうか知りたい。走れ」

男たちは、誰もがみな、うつろな表情を浮かべている、動かない。

「走れ!」

橋本は、腹の底からの声を出した。

ただの一喝ではない。死線をくぐり抜けてきた元公安捜査官で、今なお、実戦の場に身を置いている男の一喝である。

それまでうつろな無気力さを見せていた男たちは一瞬で背中に筋が通ったように怯え、さらにじっと見つめる橋本の目を見て、のろのろと走り始めた。

「とりあえずこの船底を、五十周走ってもらう！」

鋭い声で、橋本は命じた。

「走れ、走れ、走れ、走れ！」

そして、ルイとアクトの姉弟のほうを向いた。

「お前たちも走れ。これからは、俺の右腕になる以上、お前たちの体力を見ておく必要がある」

二人にはただ黙ってうなずくだけでよかった。

ルイとアクトは、そのまま小走りに走って、兵隊候補生の列に加わった。

候補生のほとんどは、明らかに運動不足で、十周も走らぬうちに、足がつったり、苦しそうに喘ぐものが続出した。が、アクトとルイはさすがに、無駄な脂肪がついていない身体を持っているだけの事はあり、たちまちのうちに集団のトップを走り始めてそのままキープする。

橋本にとって、興味深かったのは、兵隊候補生たちのうち、誰も不平不満を口にせずただへたりこんだり足を押さえて倒れ込んだりするだけ、ということだ。

つまり、抵抗する心というものが完全に彼らの中にない。

（まるでゾンビだな……）

思わず、橋本がそう思うほど、彼らはあまりにも従順だった。

これは、単純作業の仕事であれば、話は別だが、兵隊としては、かなりの問題がある。覇気がなく、従順さのみがある、ということは、自己判断をしないということだ。

そして、激変する現場に、耐えられないという、欠点が生じる。

潜入捜査における仕事なのだから、適当にやり過ごすということは、危険と直結することになる。

橋本はそのために雇われたのだから、少なくとも、給料分の仕事はしなければならない。

それに、ミカサは、間違いなく、これも含めて彼を疑うための要因探しにしているに違いない。

もともと、元公安職員を、こんな組織に引き入れること自体が、ミカサの歪んだ自尊心と、偏執的自己万能感からくることは明白だ。

つまり、おそらく、ミカサは楽しんでいる。本物の跳ね返りの元公務員であれば、それをうまく使うことで自己満足が得られる。

　橋本が、ただの元公務員ではなく、潜入捜査官だと見破ったのならば、それは彼の楽しみになる。わずか半日ほどの顔合わせではあるが、この手の人間を、橋本は公安時代、山のように見てきたし、KUDANの活動の最中にも、よく見た。

　こういう組織を立ち上げたり運営したりするような人間には、人格が破綻している上に、自己中心的なナルシズムとサイコパス気質とでも言うべきものが備わっている。

　だから、この連中を、ミカサのオーダー通りの人間に仕上げねばならない。

　足を引きずりあえぎ、時に胃の内容物を吐き出したりしながらも、四十二人の兵隊候補生たちは、それでも、なんとか橋本の指定した五十周を走りきった。

「しばらく休んでよし」

　橋本が、休憩の許可を出すまでもなく、彼らはそれぞれ床にへたりこみあえいでいた。

　顔色が変わっていないのは、ルイとアクトの姉弟だけである。

「どうかね？」

　ミカサは、橋本に訊ねた。

「絶対的な体力が足りない。闘争心も足りない。だがまず必要なのはこいつらがほとんど栄養失調だということだ。今まで一体何を与えてきた？」

「彼らは君が来るまでは、この船の中に於いて無為徒食の輩だったんでね。それでも一日最低カロリーの二千キロカロリーを与えているはずだぜ？」

ミカサは、橋本に対して少し砕けた口調で言った。

楽しそうに唇が上に吊り上がっている。

「基礎的な体力がそもそもできていない、これから鍛える。だから、消費するカロリー分を上乗せしろ。一日最低四千キロカロリーなければ、これから先は、脱落していくものだらけになるぞ」

「なるほど、まぁ、彼らは君が来たことで無為徒食の人間ではなくなるので、食事のカロリーを上げるというのはまぁ、構わないだろう。だが」

ミカサは、背後にいる武装した部下たちに手招きをした。

うちひとりが、細長いものを持ってミカサに駆け寄る。

それは、青い鞘の日本刀だった。

純正のものではない。

現在、日本国内で製造と所持が認められている日本刀は全て、江戸時代に完成した、技術、材質、方法を守ったものである。

明らかに、その刀は、青いカイデックス樹脂の鞘に納まり、柄の部分はラバー樹脂のパネルで覆われていてマイナスネジで固定されていた。

ＫＵＤＡＮの部下である〈時雨（しぐれ）〉が持つものと、メーカーこそ違うが、デザインラインそのものがよく似ていた。

つまり、最新の素材で作られた人間を叩き斬ることを目的とした刃物だ。

嫌な予感が、橋本の背中を走る。

「おい、……」

何をするつもりだ、と言葉を続けるよりも先に、ミカサは恐ろしい速さで一足飛びに、兵隊候補生たちのなかへ飛び込み、カイデックスの鞘から銀色の刀身が滑り出た。

一行の最後尾を走っていた、四十代の太ったサラリーマン風の男と、二十代半ばとおぼしき、学生風の痩せぎすな男の身体が、次の瞬間血しぶきを上げた。

サラリーマン風の男の、背中が真っ二つに、袈裟懸（けさが）けに断ち斬られ、白い背骨の断面を見せ、学生風の男の首筋から、「ぴゅう」という、甲高い、竹笛の音（ね）のような音とともに鮮血が噴き出した次の瞬間、喉元から貫通した刀身が生えた。

「コストカット、というやつだ」

振り向いたミサカの顔が、笑っていた。

これまでのように、口元だけではなく、目も笑っていた。

それは、やり手のIT企業の役員のような、爽やかそのものの笑みだったが、同時に、目の輝きは、人間ではない、異形の喜びに、全身を焦されて喜ぶ、歪んだ精神そのものを示していた。

「何をする！」

思わず橋本が襟元をつかんで締め上げようとするが、ミカサの部下たちが、よってたかって羽交い締めにする。

「彼らは、どこにでもいる。今のこの国に溢れてるんだ。秀でた何者にもなれず、かといって平凡な、一般市民と言う存在にもなることができなかった、この国から、見捨てられたような連中だ。僕が拾わなければ、ネカフェの片隅や、貸し倉庫の一室、悪くすれば、生活保護詐欺に引っかかって、使い潰されてたはずの連中だ。その上、最悪の人間でも最低限なれるはずの、兵隊にもなれないんだったら、もう意味はないだろ？」

満面の笑みを浮かべたまま、ミカサは、刀を血振りし、そのまま荒っぽくカイデックス製の鞘に納めた。

「やはり、君は元おまわりさんなんだな」

ミカサは面白そうに笑いながら、部下たちに拘束させた橋本に、顔を近づけてそっとささやいた。

「でもこれで、彼らは誰が敵で、誰が味方になるのかがわかったと思うよ？　僕は嫌われ役を買っててたんだ。感謝してほしいね」

思わず、橋本はミカサを睨み返したが、同時に、潜入捜査官として、今、これ以上彼に食らいつく事は組織の中の自分の立場が危うくなることに気がつき、なんとか怒りの衝動を抑えこんだ。

（いかん、しばらくこういう仕事をしていなかったので、やっぱり、性根が警察官に戻っている）

冷静に、なるべく冷静になるように努力する。

ここに、ＫＵＤＡＮの仲間たちはいない。

自分の後始末は自分でつけるしかない。その上に、情報も限られ、まだ味方もいないのだ。

ここは、あくまでも元公安捜査官の、犯罪に手を染めてしまった「公安崩れ」を演じ続ける必要性があった。

「公安崩れ」は、こういう時にどうするか。

決まっている。

おとなしく、金主のご意思に従うのだ。

「……わかった、だが、二度と、俺の生徒に、手出しをするな」

指導教官にとって、その教育対象は生徒である。

だが、頭でわかっていても、実際に口にすると、たとえ偽装の身分であったとしても、自分が四十人分の人生を背負い込んでしまったということに気がつく。

「その時は、あんたは俺に矛盾する命令を与えたということで、俺はこの仕事から降りる。生きてこの船を出られなくてもそれは問題がない。ただし、俺を殺す時には何人か巻き添えが出るから、その辺は覚悟しとけよ」

「まぁ、今の僕の行為は、確かに、出過ぎた行為だったね。これから二度としないよ。ただし……」

ミカサは、兵隊候補生たちを、冷たく見据え、唇だけの笑みを、また浮かべた。

「ただし、君の教育期間が終了して、彼らが僕のもとに納品された以後は、話は別だ。使い物にならなかったら、今度は刀じゃなくて銃で、部下に命じて、さっさと始末する。君は、あくまでも彼らを鍛えて、兵士にして、僕に納品するまでが、その責任と権限の範囲の中だ。わかったね？」

橋本が答えないでいると、ミカサはその反応に満足したのか、ますます笑みを深めて、小さな笑い声をあげながら踵を返した。

そのまま奥にあるエレベーターに乗って、甲板上のブリッジへと部下たちと共に去っていく。

橋本は、何も言わず、惨殺されたふたりの遺体を、まず、サラリーマン風の男の方から肩に担いだ。

「アクト、ここでは人が死んだらどうするんだ？」

「えーっと、確か、包帯みたいなので、ぐるぐる巻きにして海に捨てます」

アクトの答えに橋本はうなずいた。

「アクト、その包帯みたいな物を、もらってこい。この二人をちゃんと弔うんだ」

橋本は罪悪感とともに、そう言葉を吐き出した。

ふたりの人間を見殺しにしてしまった苦い思いが、胃の中に重くのしかかるのを感じる。

だが、それを無表情の下、ミカサへの怒りに変え、橋本は遺体を担いだ。

「て……手伝います」

アクトと同じぐらいの年齢の若者が進み出て、橋本に肩を貸す。

それに触発されたように、さらに数名が進み出て、遺体を持った。

☆

夜中までかかって、橋本は、二人の遺体を貨物船のブリッジから持ってきた水葬用の白い布で覆い、この船の舷側から大海原へと、水葬の用意を整えた。

三々五々、死体を担いだ者も、担がなかった者も、兵隊候補生たちは集まっている。

「死んだふたりが、どんなやつだったか、知っているものはいるか？」

橋本の問いかけに、答えるものはいなかった。

ミカサの言った「どこにでもいる。今のこの国に溢れてるんだ」という言葉の意味が胸に刺さる。

「そうか……俺たちには薄い縁しかなかったが、それでも、最期の場に立ち会ったんだ、海に遺体を投げ入れたら、三十秒だけでいい、黙禱（もくとう）してくれ」

橋本の言葉に、一同はうなずいた。

皮肉にもミカサの言った通り、兵隊候補生たちの心は二人の犠牲によって、橋本に集められている。

（こいつらは、殺したくないな）

誰も皆、疲れ果て、やつれ果てた、覇気のない顔だったのが、二人の死を見て、ショックを受けたことで、ある程度の命の輝きを取り戻している。

それほどに、彼らは現実の社会に打ちのめされているのだ。

古い友人の苦笑が、橋本の脳裏をよぎった。

コードネーム〈ソロバン〉こと、有野(ありの)。

最初のKUDANの仕事で、捜査対象に思い入れを持ってしまい、結果、凶暴になった
その相手に撲殺されてしまった、橋本の旧友。

（……まずい）

同じ轍(てつ)を踏むわけにはいかない、と思いつつ、だがどこかで彼らに愛着のようなものが
湧きつつあることを、橋本は自覚した。

（これを役に立てるんだ。これからの偽装に）

自分を突き放し、切り離して思考する。

潜入捜査官はふたつの人格を持つ。

捜査官としての自分と、偽装してなりすました「役柄」としての自分を。

「……風呂はあるのか？」

橋本はルイに訊ねた。

「あります。二日に一回は使えることになってます」

橋本はまた、ミカサに対するむかつきの種が、腹に落ちるのを感じた。

昔はともかく、今、このタイプの貨物船には必ず海水から水を作り出す造水装置があって、規模からすると、この船に乗っているであろう全員が炊事洗濯風呂に使えるだけの水は生み出せるはずだ。

風呂は人をリラックスさせ、落ち着かせる。それを遠ざけるということは、管理下にある人間を、微妙に不安定な精神状態に置いて、コントロールしようという考えの表れだった。

「よし、入ろう」

腹が立っていたが、それを爆発させるのは、今ではない。

周囲をさりげなく見回したが、船のあちこちに監視カメラがあった。

下手（へた）な動きは出来ない。

☆

「いやあ、あれが演技なら見事なもんだ」

ミカサと名乗った男はブリッジの監視室で、橋本が海に遺体を葬る様子を眺めながら笑った。

「……しかしいいんですか、あんな……元公安ですよ？」

ミカサの副官である新庄直弘が、眉をひそめる。

「外事一課のロシア、東欧担当の捜査官、四年間の国内、六年間の外地勤務、戻ってきての国内で、上に逆らって窓際に移されて、そこで上司を殴って退職、その後は昔の上司の裏金作りに奔走して、結局、その上司も二週間前にぶん投げて大怪我させた……まあ、一度破綻した人生を修正する気はあんまりない、ってタイプだろうね」

椅子に寝そべるようにして、コンソールの上に足を乗せたミカサは楽しげに指を組んで、モニターに映る橋本たちの姿を見つめる。

「あれは風呂に入るんだろうね」

「やはり、残った時点で殺して、改めて集めるべきだったのでは……いえ、むしろ書類の段階で落とすべきだったと思うんですが」

「時間がなかったんだよ」

ミカサは口を尖らせた。

「クライアントは気前がいいが時間にはうるさい。僕は僕で、あの試験方法をやってみたかった。そしたら彼が残ったんだ。いいじゃないか？」

「この前も二人、公安の潜入捜査官を始末したじゃないですか……どうしてあなたはこう、わざと妙な遊びを入れたがるんですか？」

「楽しむためだよ、新庄君」

ミカサは横に立った新庄を見上げて笑った。

「僕はね、楽しみたいんだ。この国をひっくり返すだけでも楽しいのに、合間合間に僕の好みのイベントを仕掛けられたら、もっと楽しいじゃないか。それに、人が斬れるしね……南アにいた頃よりもずっと少ないけどさ」

「まったく……」

新庄は苦笑する。

「今回のスポンサーはかなり神経質な人なんですよ、あまり我々を心配させないで下さい」

「構うことはないさ」

ミカサは笑った。

「彼もまた、面白いアクシデントが大好きなはずだ。ここの監視映像は全部彼にも流れているんだぜ？　今頃はダークウェブでこれからどうなるか、賭けのテーブルを仕切ってるはずさ……つまり、儲かってる。だから文句なんかない」

ミカサの指がコンソールの上を躍る。

そして、橋本の、鋭角な線で構成された横顔をアップにした。

「さて、彼が何者になるのか、それとも何の役を引き受けてくれるか、楽しみに見守ろうじゃないか」

「……仕方ありません、我々はあなたの指示に従うだけです」

新庄の諦めきった言葉に、うんうん、とミカサは頷いた。

「僕はね、彼が公安『ゼロ』の潜入捜査官であって欲しいと思ってるよ——もし、そうだったら、三年越しで履歴を綺麗に作り替えて、温存していた最高の人材を送りこんできた、ってことになる」

乾いた笑い声が、監視室の中に響いた。

「もしも彼が潜入捜査官なら、僕は公安の誰よりも賢いってことだ！」

☆

兵隊候補の連中たちを引きつれて風呂に入る。

百人は一斉に入れる大浴場があった。

女湯だけは別にあるのは当然だ。

「じゃあ、私あっちだから」

と手を振って別れたとき、意外とふくよかな胸に手を当てて、一瞬ホッとした顔になるのを、橋本は見逃さなかった。

(弟を警戒してるのか、それとも……?)

まさか、彼女が公安の潜入捜査官ということはあるまい。

あの姉弟にはなにか、個人的な問題があるのだろう。

弟のアクトのほうを見ると、酷く寂しげで、苦悩の影が見えた。

「どうした?」

軽く声をかける。

「いえ……なんでもないです」

そういって、青年は背中を丸めて風呂に並ぶ列に入っていった。

橋本よりも背の高いその後ろ姿は、酷く小さく見える。

風呂の中はごった返していた。

湯気の匂い、海水のものではないだろう。

入り口に積まれた洗いざらしのタオルの山から一枚、タオルを取る。

恐らくこれで身体を洗い、最後は拭くのだろう。

最近はビジネスホテルにあかすりや、身体を洗う専用のタオルもあるご時世だが、この船は、そういう所らしい。

「すみません。ここ、あいてますか」

日本人らしく橋本は声をかけた。

「ああ、いいよぅ」

巻き舌な声が返ってきた。

五十歳ぐらいの職工らしい男だ。腕が太く、左手の中指と小指が欠けている。

（そういえば、潜入した公安の「ゼロ」の中に指のない男がいたな）

確か最初の任務で、ワイヤーで縛り上げられ、コンクリート詰めにされるのを脱出する為に、自ら指を針金で切り落として余裕を作って逃げ出した、と。

そのお陰で、公安は大規模な、中国系マフィアによる、人身売買を摘発することが出来た。

だが、今ここで確かめるわけにもいかない。

「失礼します」

橋本は備え付けの石鹸（せっけん）をとり、水で濡らしたタオルにくるんで泡立てた。

身体を洗い、髪にシャンプーをつけて泡立て、シャワーで洗い流すと、橋本は手で水気を切り、タオルを洗って丁寧にたたむと、頭の上に乗せて湯船に入った。

この辺は、遠い昔に、祖父から習ったものだ。

やはり、シャワーではなく湯船に身体をつかるというのは、格別の意味合いがあった。

「あんた、もとお巡りさんなんだって?」

先程の職工が隣に来た。

「ええ、そうですが」

どうやら、この船の中では相当噂も、早く伝わっていくようだ。

もっとも、ミカサの性格から考えると、わざと流布してる可能性もある。

職工がその言葉を口にした途端に、周囲から鋭い目がいくつか向けられるのを感じる。

警官は、どこでも煙たがられる。

まして、ここにいる連中のほとんどは、社会にはじかれ、追い出される形でここへ流れ着いたものが多いはずだ。

つまり、その手先である国家公務員の先鋒、警察官は「敵」と言う認識のものの方が多いはずだ。

また、実際に警官に対してトラブルを起こしたり、逆に、警察に不愉快な目に遭わされた人間も多いだろう。

だが、ここで怯えたり、気をつかうような素振りを見せては、逆に舐められる。

こうした世界では、力とメンツと、気合が、その後の過ごしやすさや人生を左右するので、まず、自分が悪いという顔をしてはいけない。

また、許しを乞うような仕草も簡単にしてはならないのだ。

神経をすり減らすと言うのは、潜入捜査につきものだったことを橋本は改めて思い出した。

「まぁ、気にしなさんな。あんただってここにくるって事は、脛に傷持つ身、ってやつだろ？　で、何したんだよ？　汚職か？」

あまりの屈託のなさに、橋本は思わず苦笑した。

「まぁ、上司が無能でね。裏金作り手伝わされたんだけどさ、分け前を渋ったんで、ぶん殴ってやったんだ」

「裏金？」

「暴力団から、押収した金をこっそり着服したりとかそういう奴だ」

「へえ。たいしたもんだねえ」

ケタケタと、職工の男は気持ちよさげに笑った。どうやら厳つい見かけによらず、気の良い男らしい。

よく見ると、背中から肩にかけて、和彫りがされているのがわかる。

「いい彫り物だね」

橋本が話題を変えると、男はうれしそうにその彫り物を叩いた。

よく見えるように背中を向けるとどうやら、濁流の中に仁王立ちになった金太郎のようだ。

「そうよ。こりゃあな、沖縄まで行って彫ったんだ。嘉手納基地の近くには、腕の良い彫物師がいるんだな。梵天太郎、って漫画家上がりの彫物師の流れだ」

「へえ」

「あんたが警官って事は、結構いろんな彫り物見たんだろ？　これに勝てるようなやつってあったかい？」

「俺は外国人専門だな。外国人のやつはあんまり面白くはないよ。十字架と魔方陣みたいなやつと後は刑期とお勤めをした刑務所の名前を彫ってる位のもんだ。まぁ履歴書みたいなもんだ。日本の彫り物みたいに味わいはない」

「なるほどねー。ああ、俺ぁ、白川ってんだ、よろしくな。あんたは橋本ってんだろう？」

「いつの間にか、有名人だな」

「まぁ、二回も風呂に入りゃ、情報はあっという間に広まっちゃうからな。この船の中じゃ、気軽にしゃべれンのは風呂の中ぐれえのもんだよ」

「隠しマイクでもあるのかい？」

「それより悪いや、監視マイクのついたボタンが制服にあるしよう、密告制度まであるんだぜ」

「密告かー、そりゃ驚きだ。で密告すると何もらえるんだい？」

「週に一度の上陸の時に、高級ソープに連れてってもらえるんだよ。女だったら、十万円のドレスだとよ」

「で、だれか密告されたのか？」

「あー、二人ほど密告されたよ。うち一人は俺みたいに指がない男でな、銃の的にされてかわいそうに、蜂の巣みたいになって、落ちて行ったよ……海にな」

「もう一人は？」

「さぁなぁ、気がついたら船からいなくなってたよ」

「し、白川さん……」

後ろから、八の字眉毛の男が白川に「そんなこと言ったらマズイですよ」という顔で注意を促す。

「うるせえなあ、植木（うえき）。おりゃあ職工長だぞ？　俺無しでコーハクは出来ねえんだ」

「でもですねえ」

植木と呼ばれた職工は、白川の放言を一生懸命諫める。

その騒ぎを余所に橋本は考えた。

少なくともこれで、消えた公安の潜入捜査官の死亡理由はわかった。

「なるほど、俺も気をつけることにしよう。ただでさえ元公安という正体がバレてるしなぁ」

「何かあったら俺に言えよ。悪いようにはしないぜ？」

「俺を高級ソープのダシにしないでくれよ」

そう言うと、白川は、ガハハと豪快に笑った。

「そいつは考えもしなかったな！」

☆

風呂から上がると、橋本は着替えがないため、不本意ながら、ジャージ姿で、しばらく甲板の上に上がった。

風呂から上がった体に夜風が程良い冷気を与えてくれる。

甲板の上を移動する。ブリッジの周辺はともかく、それ以外は先までの甲板は大小さまざまの貨物用金属コンテナで埋め尽くされていて迷路のようだ。

船に乗り込んだ初日に、橋本はその中のいくつかが溶接で固定されている事に気づいている。

さらに、目を凝らしていると、溶接されたコンテナは小山のような形になっていて、さらに言えば、中が空洞のままのようだ。

その小山の裾野を歩いていくと、甲板の中ほどで、垂直の切れ目が入っていることに気がつく。

（まさかＳＬＢＭ（潜水艦発射弾道ミサイル）でも入ってるんじゃあるまいな？）

とはいえ、３Ｄプリンターで、安価な銃器を供給するほどの連中である。

ありえない話ではなかった。

橋本と同じように、何人かの連中が甲板をぶらぶらしていたが、やがて三々五々に、部屋に戻っていく。

これ以上うろついていても、監視カメラに目立つことになる。

橋本は、同じように船内に戻ろうとした。

「ねぇ、姉さん頼むよ」

アクトの、情けない声が聞こえてきた。

「お願いだよ姉さん、頼むよ」

「いやいや、私たち姉弟なのよ?」

(相手はルイか?)

ただの姉弟喧嘩かもしれないが、橋本はなんとなく気にかかって、声の方へ向かった。

ブリッジ部分の下、一般船員たちの居住区と、工場関係者や、兵隊候補生たちの寝泊まりする雑魚寝部屋の間にある、細い通路の片隅から聞こえてきていた。

「頼むよ。もう仲間で童貞なのは僕だけなんだ。どうせなら姉さんで僕、童貞捨てたい」

「だから嫌だってば!」

「いいじゃないか。オジさんだって、セックスはいいものだ、って言ってたじゃないか!」

「あの人は、お金で私を買ってたのよ! まだ中学生だった私を!」

「じゃぁ、お金払えばいいの?」

(どうやら、めんどくさい場所にきちまったみたいだな)

橋本は内心、ため息をつきながら、気配を消してその様子を見守った。

「あんた! そんなこと考えていたの!」

ルイの批難の目に、アクトは一瞬黙り込んだが、

「でも、義父さんとは、ヤってたじゃないか!」

アクトの頬が鳴った。

「あんた……あんたそれ、言うの？　あんたも、他の連中とおんなじように、私を、見てたの？」

「姉さん！」

アクトの表情が凶悪に変わり、ルイの腕を握り締めた。

ルイの顔に殺気が宿る。

弟を拒絶するだけの顔ではない。

「だから僕は義父を殺ったんじゃないか！」

（これはマズいな）

「アクト、その辺にしておけ」

アクトの眼がこちらを見た。

性欲を邪魔された牡の眼だ。

「嫌がる相手とセックスしてもいいことは何もないぞ。それに、お前の姉さんだろう？」

「あんたに関係あるのか！」

「あるね」

青年の剣幕と憎悪の視線を、橋本は余裕でかわした。

「お前たちは俺の副官だ、俺の管理下にある」

アクトの動きには無駄がなかった。

迷わず、橋本の股間を狙って蹴りを出す。

が、橋本は素早く膝を合わせてそれを停めながら、拳を真っ直ぐアクトの顔に打ち込む。

握り締めた拳は中指を人差し指の上に乗せて曲げた中高一本拳。

だが、拳は、アクトの鼻と唇の間……人中に触れる直前で停めた。

「なあ、お前も人を殺してるかもしれんが、俺もやったことがあるんだよ」

そう言って、橋本は拳を引いた。

「多分、お前より多い」

一瞬で、アクトの顔から殺気が消えた。

橋本は警察官として柔道の訓練は受けたが、実戦で使うのはどういうわけか、空手がメインになることが多い。

「こ……殺すの？」

一転して怯えきった表情になるアクトを、庇うようにしてルイが立ち塞がる。

「お、弟は少し、この所不安定なんです！」

「判ってる。そっちが何もしない限り、俺は暴力を振るわない。お前たちは副官だ」

橋本は無表情に告げた。

同時に、この姉弟の生きてきた人生が少し垣間見えた。
（まずい）
死んだ有野も同じ様に対象者の過去を知って、感情移入して死を招いた。
自分が死ぬのは別にどうとも思わない。
だが、任務を遂げないまま……。
（任務？）
橋本は苦笑した。
（もう、公安を退職して、ＫＵＤＡＮの責任者として生きているってのに、今さらか？
潜入捜査官としての仕事についたとたん、復職した気分になってたのか）
その苦笑を、ルイとアクトは別のものに感じたようだ。
少し、ルイの表情が柔らかくなった。
「ああ、すまん。お前たちをバカにしたわけじゃないんだ」
橋本は手を振って誤魔化した。
「なあ、アクト。こんな優しい姉さんを無理矢理抱いていいのか？」
沈黙と、羞恥に赤くなったアクトの顔が、ルイの向こう側に見えた。
自分の肩までしかない姉に、この青年は守られて生きてきたのだろう。

そして、多分、姉を犯していた義父を殺した。

「よくない、と判ってるんだな？」

橋本の言葉に、アクトは頷いた。

その瞬間、上手い考えが橋本の頭の中に閃いた。

「よし、今度の上陸日に、お前の童貞を棄てさせてやる……誰でもいい、ケータイ借りてこい」

「僕……持ってます」

そう言って、アクトはスマホをポケットから取り出した。

二世代ほど前のＡｎｄｒｏｉｄだが、ＳＯＮＹの高級機種だ。

これなら問題なく、サイトに繋がる。

「今、繋がるか？」

思わず聞くが、

「ダメです、外海だから……アンテナが」

「ああ、そうだったな」

当たり前の話だった。ここは海の上だ。陸とは違う。

「よし、女を世話してやる……出会い系って知ってるか？」

アクトが思わず姉を見た。

「な、何するつもりなんですか？」

姉の顔が赤くなる。どうやら知っている……どころか、利用したこともあるらしい。

先ほどの会話に出てきた「オジサン」というのは、そこの客のことだろう。

「二人とも知らないか。当然だが」

あえて橋本は、彼女にそのことを訊ねず、「二人とも知らない」という前提で話を進める。

「そういうところでは、後腐れのないセックスが出来る。高級ソープほど美人じゃないかもしれないし、サービスもないが、時折大当たりが出る」

橋本は、アクトにわかりやすいよう、下卑た言い方をするようにした。

「……大当たり？」

「まあ、美人で、スタイルが良くて、そのうえ……セックスが好きという女性だ」

大真面目に橋本は、アクトの顔を見つめて言った。

「俺が選んでやる、どんな女がいいか、いってみろ。その代わり、姉さんにねだるのはナシだ……上手くすれば週一回、上陸の度にその女と出来るぞ」

「それは……無理かなあ」

アクトはしょげた顔になって言った。

「だって、船はいつも違う港に着くから」

これまで、橋本が知らなかったことを、青年は口にした。

「そうか」

頷いて、橋本はうなだれたアクトと、戸惑った表情を浮かべたままのルイを交互に見やった。

「ルイ、汚れたことかも知れないが、男は性欲と恥が一緒になってると面倒なんだ。俺に任せてくれるか？」

数秒、ルイは橋本を睨み、やがて、ふっと力を抜いた。

無表情に頷く。

「よし、じゃあ上陸前日、Ｗｉ－Ｆｉが拾えるところまで来たら教えろ」

そう言って橋本は踵(きびす)を返し、自室へ向かって歩き出した。

これで、香(かおり)たちに連絡が取れるかもしれない。

第五章　アプリと上陸日

☆

香は、肩のあたりで切りそろえた髪を振り乱す勢いで栗原警視監のところに現れた。警察庁の執務室である。

「どうしました？」

栗原の言葉に、香はイライラとした表情を隠そうともせず、

「一週間経ちますが、彼が見つかりません。連絡もありません。我々としては動きようがありません。ご指示を下さい」

と、一気呵成にまくし立てた。

橋本の名前を出さないのは、盗聴を警戒してのことだろう。

「奇妙なことを言いますねえ」

栗原はすました顔で、机の上で手を組んだ。

香を見つめ、言い聞かせるような口調になる。

「君は、私の直属ではありませんよ。彼の指示がないのならば待機することが、重要なのでは。それに、便りがないのは良い便り、という諺もありますし」

「そういう問題ではありません」

香の言葉に、トゲが生えた。

橋本が、潜入捜査でJGに入って、そろそろ一週間が過ぎようとしている。

幸いにも、彼の死体は上がっていない。だが、連絡もない。

香にしてみれば、心配でたまらない……ちなみに、橋本との関係は昔から栗原には筒抜けである。

「まあ、私も以前部下に投げ飛ばされた痛みを理由にこの一週間呑気に療養してましたから、君を不安がらせたかも知れませんねえ」

苦笑して、栗原は続けた。

「ところで、国内での銃器事件は、ますます増加傾向にあります」

「話を逸らさないでください」

ともすれば糾弾の口調になりかける香を、栗原は手で制した。

「増加傾向にあるということは、関わる人間の数が増えてきている、ということです。東京ではなく、それ以外の地域でも、『コーハク』を使った、銃器犯罪が多発しています。都内では公安が、今ソタイと渋々ながら協力しあって捜査をしていますが、地方にまでは及んでいません。私が、特に気になっているのが、九州、沖縄での犯罪です。福岡は昔からヤクザが絡む抗争事件による発砲、沖縄では米兵がらみの銃器密輸が頭痛の種でしたが、最近はそこで、仕事場の上下関係における銃撃事件が多発しています。残念ながら、警察の縦割り構造と縄張りシステムからして、合同捜査と言うのはかなりうまくいっていないようです。また、『ゼロ』の潜入捜査も実行するかどうか今審議中らしく、全然話が進んでいないようです。どこか、組織のしがらみに縛られない、自由な捜査員がいれば良いのですがねぇ？」

言って、栗原はじっと香の瞳を見つめた。

数秒、香は自分が何を提示されたのかを理解した。

「なるほど、向こうも、越境しての捜査は、ありえないと考えている可能性がありますね？」

「これまでにない規模で、拳銃密輸と密売を行っている組織です。多少なりともこちらも、奇抜な手を打たなければならないと思いますがね？」

「同感です」

香の顔が明るくなった。

つまり、栗原は関東以外の場所で捜査を始めて、橋本を追いかけろ、と言っているのだ。

それもKUDANを使って。

「君の知り合いで、そういうことができる人たちがいたら、ぜひよろしくお願いしますよ」

「予算はおいくらほどいただけますでしょうか？」

栗原の眼が大きく見開かれた。

「あなた、ずいぶんと彼に似てきたんじゃありませんか？」

「元上司ですので。ちなみに橋本はこういうやり方を、自分の元上司から習ったと聞いています」

栗原の片眉が上がった。

「……出せるとしたらまぁブロック半分、いうところでしょう」

ブロック、とは一千万円分の万札を指す。その塊のイメージが、煉瓦のブロックを彷彿させるからだ。半分だから五百万。

元々はバブル時代の建築業界用語とも、政界用語とも言われているが、こういう場合、警察内でも普通に流通する言葉でもある。

「知り合いに、声をかけてみます」

☆

二週間が経過した。

何もない、天井から下がる照明だけのだだっ広い空間で、まず橋本が「兵隊」たちにやらせたことは走ることだ。

橋本のいる貨物船、第五イロハマルは総排水量、三万五千トン——ハンディサイズと呼ばれるクラスの、船倉いっぱいに穀物や鉱物などを積み込む、ばら積み貨物船を改造したものだから、柱や隔壁は殆どない。

長さ一〇〇メートル、幅三〇メートルの中をひたすら走る。

「兵隊」たちは様々な年齢だった。下は十代後半から、上は五十代半ばまで。

そしてどの顔も荒みきっていた。

最低四十周。その後は柔軟と自重による筋トレ……身体の動くものは腕立て伏せから、まだ身体ができていないものは、壁に手をついて壁立て伏せから始める。そしていわゆるスクワットである。

それでも、これまでろくな生活をしてこなかった候補生たちにとっては、かなりきつい。

まずは体力をつけねば、と橋本は考えている。

銃を持って走る、狙う、また走る。とどのつまり、銃を持っても生き残るためには筋力と体力が必要だ。「コーハク」が軽い、22口径だとしても、それは変わらない。

銃を扱うのは、それでへばったりしなくなってからでいい。

体力と筋力はかなり低かったが、それでも若い連中は一週間ほどで、だいぶ体力がついてきた。恐らく年長連中も、もう二週間……一ヵ月近くやっていれば、なんとかなるだろう……幸いにも筋肉細胞は、年齢にかかわらず、一ヵ月も続けていれば成長してくれる。

そこから、ようやく銃器類を使った訓練になる。

ミカサからの依頼は二ヵ月で、全体の七割を新兵レベルに、というものだった。

アメリカ軍や自衛隊は基礎訓練に三ヵ月かける。

現実的な数字であり、人数でもある。

一ヵ月少ないというのは、扱うのが「コーハク」だからだろう。

(にしても、いったい奴らはこの連中をどう扱うつもりなんだ?)

橋本にしてみれば、どんなに訓練したとしても付け焼き刃の兵隊だ。

銃を撃てるようにはなるかもしれないが、それで戦ったり、まして他人に教えられるようなレベルにまでなれるとは到底思えない。

ヒットマンとして送り込む、とも考えたが、22口径で暗殺するにはこれもまた全員練度が足りない。

（最後に俺を殺させて、度胸をつけさせる、という手もあるが……）

そこで、気になるのは、最初の試験の時に持ってこられたM4アサルトライフルだ。

この船で、ミカサの息のかかっている、いわゆる本職の兵隊たちは皆、M4アサルトライフルを持っている。

扱い方は、いかにも兵隊らしくラフで、よく射撃訓練も洋上でやっている。

といっても、船の上から放り投げた、キッチンのゴミなどを撃ったり、海の上に浮かべた便などを狙撃するという程度のものだが、どう考えても貴重品を扱っているという風情ではない。

明らかに、消耗品として銃を扱っている。

兵隊たちは、結構な数がいる。橋本がざっと確認しただけでも五十人以上はこの船内にいる。職工たちがおよそ七十人、船を動かすための船員が五十人。そして、作業員が二十人に、いざとなればその手伝いをする橋本たちの兵隊候補生が四十人。

それとは別にツナギをつけた、何かの整備員らしい連中を十人ほど見た。

船の整備員ではない事は、身体から漂うオイルの匂いが、ディーゼルではなかったことで、明らかだ。

航空燃料と、独特のグリスの匂い。ルイによると、中には輸送用の大型ヘリが格納されているという。

恐らくいざというときの緊急脱出か、これから計画していることへの対応なのだろう。

アクトによると、船に乗るようになって半年、一ヵ月に一回は洋上で飛行訓練をするらしいが、それで陸と往復するなどのことはしないそうである。

他にもふたりの姉弟(きょうだい)は橋本に、この船ならではの出来事を、色々教えてくれた。

橋本が預かる形になった姉弟、ルイとアクトの二人は、当初疑ったように、監視役ではあるのだろうが、良い副官であることに間違いはなかった。

特に、ルイがアクトに犯されそうになった、あの夜以後は、こちらを警戒するような眼付きがなくなり、朝の食事の際も、ポツポツとではあるが、自分たちの以前の事や、最近の事なども話すようになってきた。

彼らがこの船に乗るようになったのは、約一年前で、それ以前は、義理の父親から逃げる為に、ＢＮＢやネットカフェなどで寝泊まりしながら、万引きをしたり、空き巣に入るなどの盗みをして、その日暮らしをしていたらしい。

おそらく、姉のルイは窃盗や万引きばかりではなく、身体を売る仕事もしていたのだろうが、それについて、橋本は何も追及しなかった。

そしてある日、追いかけてきた義父を「やっつけてくれた」ミカサの元に身を寄せることにした、という。

「義父は元ラグビー選手でしたから、とっても身体が大きくて、怖い人でした」

「でもミカサさん、あっさり義父さんを殺しちゃったんだ」

てっきりアクトとルイが義父を殺したと思ったが、違うらしい。

「どうして助けてくれたのか、と聞いたら『君たちみたいな人間が必要だからだ』って」

「てっきりその時僕、姉さんだけだって思ったんだよ！　でもミカサさん『君も必要なんだ』って……」

「ええ、ふたりとも同じ様に必要だって、仰ってくれて……」

「だから、僕たち、ミカサさんには逆らえないんだよ」

アクトが引きつった笑いを浮かべた。

その後一年ぐらい、アクトとルイは船で渡って海外にいた。

「最初は船酔いがひどくて……でも、慣れました」

朝の食事のさい、とつとつと、言葉を選びながらルイは話す。

「何処(どこ)にいた？」

「南アフリカ、アルゼンチン……月に一回は陸の上で、一週間ぐらい」

「どこもご飯が美味(おい)しかったなぁ……今は『計画』があるからアレな食事だけど」

思い出したのか、アクトは遠い目をした。

「でも、ミカサさんに会う前よりは今のほうがいい」

「そうね……」

ルイは頷(うなず)いた。

「これまで一番、美味(うま)いものを食べたのはいつだ？」

「一年ぐらい前、マルデルプラタ……です」

そう言ったとき、姉弟の顔に暗い影がよぎった——恐らく、そこで「初めての殺し」があったのだろう。

水を向けると、あっさりと二人は頷いた。

「いつもはチョリパンっていう、あんまり辛くないサラミみたいなものを挟んだパンと、サラダだけ……なんですけど、その日は朝から豪華なビュッフェに連れて行かれて……好きなだけ食べていい……って言われて」

「で、初仕事か」

　ふたりは頷いた。

「銃持たされて、とある大きな家の裏で待たされて、ドアを開けて出てくる、はげ頭の男の人を狙え、って」

「最初は僕ら、ふたりとも迷ってたけど……そいつ……女の子にひどいことをしているのが見えて」

　橋本は何も言わず、黙々とスプーンを口に運んだ。

「最近、なんで扱いが悪かった？」

　最初に引き合わされたとき、明らかに二人とも飢えていたし、TVディナーで眼を輝かせるアクトを、橋本は憶えている。

「半年前に、失敗して……」

「相手が、子供だったんです。どうしてかは判らないけど、撃てっていわれて……でも撃てなかったんです。撃てるわけ、ないじゃないですか」

「……なるほど」

　橋本は頷いた。

　少なくともそこまで荒んではいない、ということか。それとも、皮肉にも殺しを成功させて、安定した食生活が約束されたことで、人の心が戻ってきたのか。

それが、ミカサにとっては良くなかったのだろう。

その場で殺さなかったのは、ミカサにしては奇妙……と思い、気がついた。

マフィアや、過激派がよくやる、脅迫型教育の典型だ。

脅して探して学習させ、失敗した場合には食事を抜き、しばらく放置した後、次の仕事を与える。最初は楽な仕事。そして、次に与えるのは前回失敗したのと同じような仕事だ。

そして、自分の所属する組織への帰属性と、服従を強く、上書きしていく。

（つまり、最終的には俺を殺させるつもりだな）

おそらく、橋本とこの姉弟がある程度の親近感を持つ事は、ミカサにとって、すでに計算済みなのであろう。

ある程度の親密さを持った相手を殺す。

それは、前回この二人が失敗した、「子供殺し」よりも、より強力に二人の身の程をその精神の奥底に刻むはずだ。

人として、超えてはいけない特異点を超える。そうすることで、命令者の意のままに動く、便利な兵隊が出来上がる、と言う寸法だろう。

だが、そのことを橋本は口にしなかった。

口にしたとしても、この二人には理解できないかもしれないし、また、口にしたことがミカサに伝わると言うこともあり得る。

今ここで、ミカサと完全に敵対することは、できない。

預けられた、四十名の兵隊候補生たちが、何のために、兵隊にさせられるというのか。まだ、その計画がわかっていない。

元公安の人間を使ってまで、ということは相当急いでいる。あの試験方法は、おそらく、ミカサの趣味であろうが、風呂を差し引いても、危険性を上げる必要性があるということは、急ぐ理由があるということだ。

二ヵ月、という期限の切り方が、鍵なのだろうか。

（どう考えてもうちの連中に、何とかして情報を渡す必要性がある）

自分ひとりだけでは無理だ。どうしても外からの手助けがいる。

（それにしても、このふたりが、ある程度こちらに心開いてくれるのは、ありがたいな）

実務の面でも、ルイとアクトは副官としては、かなり、ありがたい存在だった。

もともと頭が良い方なのだろう。今回、橋本の下につけられた、兵隊候補生たちの顔と名前を全て憶えており、その個人的な背景をも把握していた。

ある程度の信頼関係を得たおかげで、彼らは積極的にそのデータを橋本に提供した。

大勢を訓練するということは、同時に、個別で指導することで平均値を上げていく、教官側の努力が必要になる。

二人のおかげで、橋本は兵隊たちの個別指導を、充分に考えることができるようになった。

七割が合格すればいい、という注文であったが、人数は多いほうがいい。

不測の事態で人数が減ることは、軍事訓練にはありがちのことだ。

実際、ナイフにおける格闘訓練の際、一人がヒートアップしすぎて危うく、訓練相手の仲間の目を、えぐり出そうとしたことがあった。

「よし、本日の訓練は終了！　みんなよくやった！」

訓練は、ただしごけばいいというものではない。

特に、橋本は海外での勤務が多かったためか、人を訓練したり鍛えたりするときに、罵声がいかに意味がないことかを知っている。

失敗したときの罰としての、罵倒罵声は構わないが、なるべく候補生たちを褒め、励ますべきであるし、特にトレーニングの類いは、その方が集中力と持続力を維持することができる。

そのせいか、そしてミカサが最初にふたり切り殺したこともあってか、候補生たちは今のところ不平不満も言わず、脱落者は出ていない。

「明日から、二日間の休みを満喫しろ！　とにかく休んで、自分の好きなことをしていろ、いいな！」

橋本の訓示に、整列した四十人の候補生たちは、一斉に身体の後ろに腕を回し胸を張って、「はい教官！」と大声で答えた。

そして、七日目の訓練が終わった。全員が浮き立った顔になっているのは、今日の夕食はカレーというだけのことではない。

明日から、二日の間、半舷休息……一日交代で、上陸が認められるからだ。

本来なら、一週間に一度なのだが、今回は海が少々しけて、入港が遅れたのである。

腕の良い職工や、兵隊たちにはかなりの、そうでない下っ端たちにもそれなりの金が渡されて、十二時間の自由時間が与えられる。

といっても、これは監視が付いているものである。

行ける場所も、港のすぐそばのコンビニとファミレス位のもので、だが、それでも貴重な上陸時間ということで、誰もが楽しみにしているらしい。

だが、必ず上陸は二名以上をひと組のユニットでやるものであり、そのほぼ全員が、位置情報を常に把握できるような、特製のアプリを仕込んだスマホを、最低一台は持たねばならないため、完全な自由というわけではないし、その行動は常に把握されていると言っていい。

橋本も同じように、ルイとアクト、という目付役がつくので、安易に香たちに連絡するような真似はできない。

だが、そこに突破口ができそうだった。

船は港に接岸しつつある。

橋本たちは汗を流した……交渉で、いまは職工たち同様、毎日風呂に入れる。

これも訓練生たちの意気を上げている。

「教官どの！」

風呂上りにアクトを探そうとする前に、向こうから探しに来た。

風呂場から、甲板へとつながる階段を登りながら、橋本はアクトと合流した。

潮風に土の香りが混ざる、夜の風の中、街の灯(あか)りに照らされて、アクトは目を輝かせ、期待を満面に浮かべている。

橋本が約束したことを、よほど楽しみにしているのだろう。

「Ｗｉ－Ｆｉ、拾えるようになりました！」

「そうか。じゃぁスマホ貸してみろ」

言われるままに、アクトが差し出したスマホを、橋本は素早く操って、検索サイトを呼び出し、用語を打ち込んだ。

日本有数の出会い系サイトのトップがいくつか提示される。その中の一つを呼び出し、中に入る。

「昔俺が登録してたやつがあるから、アカウントはそれを使うぞ」

アクトの答えを待たず、橋本は自分の携帯の電話番号とアクセスコードを打ち込んだ。

五年前の記録になっている、登録したアドレスをクリックしようとし、考えて、掲示板を開く。

この手のサイトで、表向きサポ、少し前は援助交際と呼ばれる行為は禁止されているが、大抵の所には抜け穴がある。

「大人のお付き合い」とされる掲示板を開き、「明日以降でもよければ」という部屋を開ける。

とある、名前を探した。

ぽんこつ101……果たして、その名前はかなり下のほうにあった。

念のためプロフィールを開ける。

間違いない、求めていた。

「おい、いくらまでなら出せる？」

「え？　えーっと、ああ、えっと、……」

アクトはしばらく考えていたが、

「ご、五万までなら出せます！」

まるで、清水の舞台から飛び降りるという言葉そのままのような声で言い切った。

その様子に笑いをこらえつつ、橋本は、交渉のためのメールを打つ。

「そういえばここはどこだ？」

「えーっと、確か、福岡の博多とか聞いてます」

「そうかわかった」

先程、五万は多すぎると一瞬思ったが、そこまで離れているのなら、逆にありがたい。

メールの欄に、「私は童貞です。素敵な出会いを求めています。福岡の博多まで、来ていただけるならば穂別十五を差し上げますす」

と、最後の「す」をふたつ、誤入力したように見せかける。

ちなみに穂別というのは、ホテル代とは別、という意味だ。

「あの、俺、十五万は……」

「安心しろ、差額は俺が出してやる。お前はこのところ、姉貴と一緒によくやってくれてるから、それぐらいは、ご褒美ってやつだ」

「ご、ご褒美……？」

アクトの顔がぽかんとなった。

「十万も？」

「それぐらい働いたってことさ。ただし次はどうかわからんぞ？」

橋本には、今朝、改めて二百万が、現金で支払われた。

念のため直接触れず、水の入ったオケに入れるなどして、毒物を警戒し、自ら引き上げた後は、乾かしつつ真贋をチェックしたが、間違いなく安全な本物の一万円札の束だった。

「が、がんばります！」

単純な奴だ、と思いながら、橋本はどうにも、このアクトという青年が、憎めない。

歳(とし)の離れた弟という感じがしてならなかった。

陰気で、凶暴なところがあるのだが、どこか純真で、無邪気で、可愛(かわい)げがある。

それは、姉のルイも同じだ。

（同情心なのか、それとも、単に役に立つ道具として俺は、ちゃんとこいつらを見ているのか……）

橋本自身にも、そこはわからない。

　ＫＵＤＡＮを率いているときには考えたこともない迷いが、自分の中にあることを感じる。

　当初のうちは、あくまでも一人は、道具扱いだったはずなのだが、どうにも、今回の童貞卒業の話から自分が妙に、肩入れし始めている。

（だが、これは今回の任務には必要なことだ）

　潜入捜査をした先で、人を騙し、偽装し、自分のために利用する。

　ときには親切心を見せびらかし、信用を得て……裏切る。

　数年前までは、良心の呵責など一切感じず、実行できたはずなのに、今はひどい罪悪感を覚えるようになった。

　自分の変化に、橋本は驚いている。

　だが、やらねばならないことでは、あるのだ。

（ＫＵＤＡＮをはじめて、ちと善人と付き合いすぎたか？）

　そう皮肉に考えて、通常を保とうとするが、うまくいかない。

　認めざるを得ない。間違いなく橋本は、この姉弟に親近感を抱いている。

「あ！　き、来たっ！」

　スマホの震える音と共に、アクトがうわずった声を出した。

「教官！　返事が来ました！」

「そうか、ちょっと貸してみろ」

橋本の言葉に、まるで灼熱した小石を持たされたように、あたふたと、スマホを手の中で躍らせていたアクトは、それを慌てて橋本に手渡した。

「な、なんて書いてあります？　だめですかやっぱりダメなんですか？」

「落ち着け。お前、メールを開いてないのか？」

「あ、だって、僕、姉さん以外の女のひとからのメールって、初めてで……」

期待と不安がないまぜになった、情けない顔でアクトが言い訳のように答えるの聞き流しながら、橋本はメールを開いた。

「いいですよ！　ちょうど明日、仕事で、福岡に行くことになっていますから！　いつがいいですか？」

(あいつめ、急ぎすぎだ)

口元に浮かびそうな苦笑を抑えつつ、橋本はアクトに、

「オーケーだそうだ。どうする？　福岡の港のどの辺に着くんだ？」

「えーっと、確か……」

アクトは、福岡の港のどこに、船が到着するのかを口にした。

「その辺の近くのラブホ……いや、お前が知るわけないか。えーっと、適当に検索して、出たホテルで待ち合わせにするが、いいか？」

コクコクと、アクトは、壊れた人形のようにうなずいた。

「じゃあ、ちょっと待ってろ」

検索サイトで、福岡港から近い、適当なラブホテルを探す。

（いや、こいつの童貞喪失の日なんだから、もう少し綺麗な場所のほうがいいか）

少し気を入れて、改装したてか、新築っぽいホテルを探す。

一軒見つかったので、そこに、予約を入れようとする。

「おい、明日は何時から上陸が可能になる？」

「えーっと、朝九時からです」

「わかった。お前、服はそのジャージだけか？」

「あ、はい……」

さすがに、それは余りにも、と橋本は考えた。

「じゃあ、服を買って着替えるから、十三時からにしよう」

「は、はいっ！　あ、あの……」

「なんだ？」

「どんな人か、写真、見たいです」

「……聞いてみよう」

出会い系で、いきなり顔写真を要求するのは非常識だ。

確かに、初めての相手の顔ぐらい、前もって知りたいだろう。

「じゃあ、お前の顔写真を送るぞ」

「え？」

橋本はカメラをアクトに向けた。

そして気がつく。

このスマホのカメラは、レンズを真っ黒に塗りつぶされていた。

自撮り用のレンズも同じだ。

（なるほど、情報流出は最低限、ってことか）

だとすると、別の手立てを考える必要がある。

「あの、僕らのスマホ、この前から何も撮れなくて……」

「ああ、わかってる……お前と姉さんが写ってる写真はないか？」

「それなら、ここに」

アクトはあっさりと、南米のどこかの街中で一緒に写っている自撮り写真を呼び出した。

「ずいぶん古いな」

どう見ても、去年今年の写真ではない。

ふたりとも、まだ十代に見えた。

「一緒に写ってる写真てこれしかなくて……最近は、姉さん、僕のこと避けるから」

そう言って、青年は顔をうつむけた。

この前見た、ふたりのいざこざの風景が、橋本の脳裏に蘇る。

「そうか。これ、送るぞ。こっちからの写真を送らないで、向こうに要求するのは、非常識って事になるからな」

「はい」

メッセージに添付して、送信すると、しばらくして返事が来た。

「きた！　きた！　きた！」

うわずった声を上げるアクトに、苦笑を堪えきれず、橋本は口元を緩めつつ、メールの添付画像を開いた。

女の写真。

橋本の、想像したのとは違う写真だったので一瞬動揺したが、すぐに、誰か理解する。

「ほら、これがお前のお相手だとよ」

そこに写っていたのは、橋本が予想していたセミロングで胸は小さめ、だが、くびれた腰とは反対の、尻の大きな、切れ長の瞳の美女……香ではなかった。

スチール製の本棚をバックに、長い黒髪に、黒いTシャツを豊満な胸が押し上げている、べつの、しかし顔見知りの美女の姿だった。

大きな二重瞼が、こちらを見て、艶やかに微笑んでいる。

顔立ち的には、和服が似合いそうな清楚なイメージなのに、首から下の、外国人モデルのようなボリュームの肢体がアンバランスで、またそれはそれで、男の官能を揺さぶる。

実際、橋本の知り合いがふたり、彼女に清濁両面で心を奪われている。

写真の添付メッセージには、「今年二十二になります。あなたは年上ですか？　年下ですか？」とある。

「ぼ、僕、二十三です二十三」

「わかった、わかった」

言われるままに橋本はメッセージを打つ。

（二十二か、確か……彼女は二十五じゃなかったっけ？）

少し、橋本は首を捻ったが、それが暗号だと思い出していた。

落ち合う場所だ。ホテル近くのコンビニ。

橋本が登録している、この出会い系サイトのアドレスと暗証番号、そして、そこから発せられるメッセージが、いくつか残した最終的な連絡手段のうちのひとつなのだ。

使う言葉にも、数字にも、全て意味がある暗号となっている。

すぐに返信が来た。

写真が添付されている。〈時雨〉は、Tシャツを胸までまくり上げ、赤いブラジャーに包まれた豊満な胸を見せて、恥ずかしげもなく、にっこり笑ってVサインを出していた。

左手がこちらに向かって伸びているので、先ほど同様自撮りなのは間違いない。

添付されたメッセージには「美男子ですね、お会いできるのを、楽しみに待ってます！」とあった。

（いくらなんでも、やり過ぎだ）

橋本は、苦笑を通り越して呆れ返ったが、アクトは、素直にこの写真に歓声を上げた。

「こ、これっ、保存していいですか？　保存していいですか？」

「お前の携帯だ。好きにしろよ」

橋本は少し頭痛を感じながら、スマホをアクトに戻した。

振り向くと、まだ、アクトがそこにいた。

食い入るようにスマホの画面を見つめている。

「どうした？」

「……び、美人ですね」

耳まで真っ赤にして、こわばった表情で、アクトは言った。

「ほ、本当に僕、この人とできるんですか？」

どうやら夢見心地が極まりつつあるらしい。

「明日は早い。とっとと寝ろ」

ポン、と肩を叩いて、橋本は自室へと引き上げていった。

☆

翌朝、ルイとアクトを連れて、橋本は上陸第二陣の中にいた。

甲板の上は今日の上陸組――一五〇人ほどが、海風に晒されながら足踏みしつつ、上陸を待っている。

寒いのではなく、上陸への期待がそうさせている。

「よ、あんたも今日の組か」振り返ると、白川がにっこり笑っていた。

「あんたもか。今日はどこ行くつもりだ？」

「うちの若いの連れて、民泊施設ってやつさ」

「職工は寝泊まりができるのか?」

橋本が驚いて訊ねると、「いやいや」と白川は首を振った。

「ほれ、オリンピックからのドタバタと不況のおかげで、今や一泊千円とかがザラだろ?だから、四、五人で借りて、ヤリ部屋にするんだよ。ラブホと違ってフロントなんてないし、チェックもしねえからな。半日程度の短時間なら文句も出ねえ」

「ほう」

最近「民泊」と持てはやされた、いわゆる簡易BNBは、疫病騒ぎとオリンピックの時期を過ぎて、色々と問題が起きているが、中でも問題なのはアプリを使って料金を払えば、通常のホテルのようなフロントがなく、誰でも使えることから、未成年の売春や買春、違法取引に使われることが多発しているということだ。

「若いのは知恵があるよな。俺らみたいなおっさんには考えつかない話だ」

どうやら職場の、若手から提案されたものらしい。

「女はデリヘルを使うのか?」

「出会い系の方が最近は楽でよ。金もソープよりかからないしな。そのかわり、ヤリ部屋状態になっちゃうから、誰かが面倒みてねえと、トラブルになっちまう。で俺が行かなきゃいけないわけだ」

昨日、アクトのスマホで出会い系サイトにアクセスしたとき、カメラのレンズを潰しておくような用心深さがあるから、何か通報されるかと内心ひやひやしていたが、その辺は大雑把らしい。

「あんたは女を抱かないのか？」

「なわけあるか」

橋本の問いに、がはは、と、白川は笑った。

「若いのと『終わった』ばかりの姉ちゃんをな、口説(くど)くわけよ。若いの送った後だと、中年男のねちっこいセックスが欲しくなるのもいるんだな、結構な確率でタダマンできるぜ」

「へえ」

「……という話さ」

「なんだ、又聞きの話か」

どうでもいい会話を流しながら、橋本は白川を観察する。

公安「ゼロ」……しかも、前任二人が始末された後に、投入されるベテラン、ともなれば、当人が明かす以外で、その正体を見抜くのは難しい。

彼らは、意図的に自分の中に、偽装履歴(カバーストーリー)そのままの人格を作り上げ、当人でさえも時に切り替えることが難しくなるという。

まして、先に潜入した二人までもが殺されているとなれば、何の連絡もなく、橋本が正体を明かしても、素直にことは運ばないだろうし、警戒は当然だろう。

「まぁ、女は抱きてえが、ここで稼いだ金貯めときたいんでなぁ。若いのの入れ知恵を、そのまま真に受けようってことよ。ダメ元だぁな……であんたはどうなんだ？」

「まあ、いろいろさ。副官殿たちのお目付つきで、ちょっと買い物をして、息抜きしたら戻るよ。女買うような気分には、まだなれん」

「本当はいい人に、操でもたててるんじゃないのかい？」

「EDと言わないだけ、上品な話だな」

「それはお前ぇ……」

それから少しの間、かなり下卑た冗談を言い交わしているうちに、時間になった。

「よし、これから上陸を許可する」

ミカサの副官である新庄が声をあげた。

「自由時間は十二時間とする。つまり、どんなに遅くても夜の九時までに戻って来なければ、逃走したとみなし、それなりの処罰を行う。処罰の意味は、わかっているな？」

新庄の言葉に、誰も答えるものはいない。

ただ、一同の中に極度の緊張が走ったのを橋本は感じた。

どうやら、単なるお叱りや、独房入り、などという可愛らしいものではないらしい。

その反応を充分に確かめてから、新庄は、満足げにうなずいた。

「では、これより半舷休息を始める！」

新庄の言葉に合わせて、甲板から、タラップにつながる入り口を塞いでいた鎖が外され、待機していた乗員たちは、ゆっくりと歩き始めた。

タラップを降りて港に降り立つ。

二週間ぶりの動かない大地なので、橋本は奇妙な違和感を覚えた。

船乗りたちはものの数分で、揺れる船の上から、揺れない大地へ意識も身体の動きも移行するのが当たり前というが、どうにも、まだ橋本は慣れていない。

「教官、揺れてますね」

と、ルイが笑みを含んだ声で言う。

言われて、自分がゆらゆら揺れてることに気がついた。

「仕方ないさ。何しろこちらは船に乗ってこんなに長く海の上にいるのは久しぶりだからな」

照れ隠ししながらそう言うと、橋本は、タクシーの拾える港湾事務所まで歩き始めた。

「どうした二人とも、俺と一緒に来なくていいのか？　お目付役だろ」

橋本に言われ、姉弟は慌てて、その後を追った。

タクシーに乗り、近くのショッピングモールまで移動する。

そこの一階で、二人に一万円札を、それぞれ十枚渡した。

「時間は一時間十分、その間に、服と靴とアクセサリーを、それで欲しいだけ買ってこい。服は着替えたままでいい。店員に、このまま着ていきたいんですけれども、と言えば、そうさせてくれるはずだ。俺はここの本屋で、本を買って、このコートで待っている。一時間十分たったらお前たちが戻ってこようが来まいが、構わずに俺は、俺の行きたいところに行くぞ」

橋本は、立場的にはこの姉弟に監視されているのである。

それを考えれば、おかしなものの言いようではあるが、橋本は勢いと気合で、二人にそう宣言した。

二人は橋本の気合に飲まれて、こくん、とうなずく。

「じゃあ、行ってこい」

橋本はそう言って本屋に入る。

視界の隅に船で見た顔が二人ほど見えた。

（なるほどあの二人はダミーのお目付役か）

ここまで信用されていないというのは、いっそ清々しい。

橋本は悠々と本屋に入り、文庫本一冊を選んで、レジに向かった。

☆

第五イロハマルの相談室に設けられた、船長室においては、珍しく来客があった。

髪の毛の真っ白な、上品な雰囲気の老人だ。

温厚そうな表情、立ち振る舞いで、腕には、ロレックスの高級腕時計が似合っている。

「わざわざお越しになられるとは思いませんでしたよ」

ミカサの物腰が、丁寧なのは、この人物が今回の仕事の依頼者である出資者だからだ。

老人は、ニコニコと微笑みを崩さず、ミカサに開口一番こう告げた。

「この中に、公安が紛れ込んだと言うのは本当ですか？」

「はい、すでに二名を処理しました。三人目が転がり込む前に、状況は終了すると思われます。ご依頼の件には、何の支障もないようにいたしますのでよろしくお願いいたします」

そう言って丁寧に頭を下げた。

が、老人は、微笑は崩さず、双眸(そうぼう)だけを冷え冷えと光らせながら続けた。

「すでに、三人目とか四人目が潜り込んでいるという話は聞いてらっしゃらないのですか？」

「初耳です」

ミカサは素直に答えた。

「何しろ海の上ですのでね、陸の話というのはなかなか。ただ、あからさまに怪しいやつなら一人おります」

「というと」

「公安崩れの男なのですが、厳重に監視をつけ、ボロが出次第、始末します。ただ現在、有能な教官であることに変わりはないので、利用できるうちは利用しようかと考えております」

「なるほど。ではもう一人の方はわかっていますか？」

「いずれその辺のことも、洗い出しましょう。この二人がそうでなくても、これまでご覧に入れたように、我々は常に警戒を怠りません。新しい仲間から裏切り者が出るのは、日常茶飯事のことですから」

「さすが、海外でＰＭＣをやっている方は違いますね」

老人の目から険呑な光が消え、温厚なものにまた戻った。

「とは言え、思い込みは禁物です。出来る限り警戒をしてください。物事は最後の最後が一番隙が出来やすい。梯子は最後の三段目、とよく言いますからね」

「しかし、こんなことでほんとにあなたはお金を儲けることができるんですか？　私がいうのも何ですが、雑な計画ですよ？」

ミカサが疑問を口にするが、老人は笑って首を振った。

「金になるかならないかではなく、金になるように『してしまう』というのが、私たちの仕事なのですよ」

ところで、と老人は話題を変えた。

「そろそろ、乗組員たちの摂取カロリーを豪勢なほうにしといてください。イメージアップを図りたいものだね」

「すでに、兵隊の候補生たちに関しては、食事量を増やす方向で段取りを組んでいます。ありがたいことに例の公安崩れの男が、自分の方から申請してきたので。他の連中も含めての件に関しては、あなたが私と直談判して勝ち取ったということにしましょう」

「話が早くて助かります。その、公安崩れの男ですが、この前差し上げた新しい自白剤を使ってみるというのはどうでしょうかね？　どこまでしゃべってもらえるか、その後本当に期待通りの後始末を自分でやれるかどうか、ぜひレポートが欲しいです」

「では、お望みのままにしましょう。我々はスポンサーの期待を裏切らないですから」

ミカサはそう言ってうなずいた。

☆

時間ぴったりに二人は戻ってきた。

ルイは、地味めのワンピース、逆にアクトは、真っ赤な革ジャケットに、白いワイシャツ、ジーンズという出で立ちだった。

橋本はてっきり、ルイのほうは時間がかかるものだと思っていた。

「よし、これなら髪の方もなんとかなるな」

ルイが驚いた顔になる。

「いや、あの私は……」

「いいから、二人とも髪を切ってこい」

言って、おなじ施設内の美容院へ二人を送り出した。

フードコートの座席に腰をおろし、コーヒーを飲みながら、買ってきた文庫本をめくる。

さりげなく周囲を観察すると、忙しげにメールを打っている、ミカサの部下の姿が見える。

（さてこれからが勝負だ）

十二時過ぎごろに、二人が戻ってきた。

「あー、いい頃合いだろう」

橋本はそう言って、施設を出、タクシー乗り場へ向かう。

その中の一台に三人で乗り込むと、助手席へとおさまった橋本は、約束のラブホテルの近くにあるコンビニエンスストアを目的地として告げた。

予想通り二十分もしないうちに、タクシーは目的のコンビニエンスストア前に着いた。

「この道を、まっすぐ行って、大きなカフェがあるから、そこの看板の辺りで右に折れれば、路地がある。その奥にラブホテルがある。店名はこれ、店の写真はこれだ。一人で行けるだろ？」

「いや、あの……」

アクトが、ついてきて欲しいような顔をするが、そこは突き放す。

「では行ってこい。終わったらルイの携帯に電話を入れろ。俺たちはそれまで適当に時間潰しておく」

そう言って橋本は、何とも言えない複雑な表情を浮かべたルイに「さあ行くぞ」と促した。

そのままコンビニの中に入る。

後ろ髪引かれている表情のルイに「見ないでおけ」と告げて、橋本は素早くコンビニの中を目だけで見回した。

金髪の、腰まであるロングヘアをなびかせて、派手なメイクの女が、書籍のコーナーで立ち読みをしていた。

あとは暇を持て余している風の男である。

橋本は金髪女の後ろを通った。

相手が本を置いて立ち去ろうとするところへぶつかってしまう。

女のハンドバッグから、いくらかの中身がぶちまけられた。

「あっ」

女が小さな声を上げる。

「失礼」

慌てて、それを拾いながら、橋本は持っていた文庫本をさりげなく相手のハンドバッグの中に放り込んだ。

女のほうも床に散らばったメモや化粧品などをかき集めていく。

そのほとんどは、買ったばかりの、真新しいものだった。

「いいんです」

女が潤んだまなざしを橋本に向けた。

メイクとカツラでごまかしているが、それは香であった。

「あの……お一人ですか？」

すがるような、女の目つきに橋本は、わざとらしいほどの爽やかな笑みを浮かべた。

「いいえ、連れがおりますので」

同時に、一瞬だけ香に、「あんまり長く接触するな」と目線で命じる。

香が、二秒ほどきつく目を閉じた。

これは、橋本をなじっている。

二週間以上も、連絡を取らなかったのだから、積もる話もあるのだろうけれども、今はそんな状況ではない。

橋本はそのまま、奥のほうにあるドリンクコーナーへ移動し、炭酸飲料を二本ほど手にすると、レジに持っていった。

財布から現金を出し、支払いを済ませる。

「君はこれでいいか？」

コンビニを出た橋本はそう言ってルイに飲み物を渡した。

ルイは、渡されたものを受け取ってしばらくして、言った。

「今の人、……」

「最近の、中年相手のサポ探しは、ああいう風にして声をかけてくるんだ」

言いながら、歩きつつ炭酸飲料の蓋を開ける。

金髪のカツラをかぶった香は、スナック菓子をいくつか買い込みレジに並ぶのが見えた。

「多分、アクトのほうは少し時間がかかるだろう。電話があるまでファミレスで飯でも食うか」

「あの……どうして、私たちにそんなに親切にしてくださるんですか?」

「親切じゃない。単なる先行投資だ」

橋本は簡潔に答えた。

「これから先の仕事において君たちは重要だ。その君たちが、能力を発揮するにはメンタル的なものもケアしなきゃいけない。あの時、明らかに君は弟とのセックスを望んでなかっただろう?」

いささか露悪的な橋本の言葉に、ルイは一瞬、気色ばみそうになったが、すぐに素直にこくん、とうなずいた。

「そうです…」

「あのまま見過ごせば、君と弟の関係は最悪なものになっていただろう。かといって弟を止めただけでは俺が弟に恨まれる。だから、アフターケアをしたというだけのことだ。善意から来る、親切心じゃない」

常識的に考えればここは、曖昧にごまかすか、そうだようなずいてやるべきかもしれない。その方が潜入捜査はしやすくなる。

「本当に親切心があるならば、アクトにちゃんとした恋人が出来るように世話をするはずだ。性欲の解消に行ったりすると思うかね？」

橋本にそう言われて、ルイが息を飲むのがわかった。

「だから、恩にきる必要性なんかない。ただ俺はそういう人間だと思ってほしい」

これは一種、人間関係における、ネタバラシに等しい。何も言わなければ二人は、橋本に恩を感じて、忠誠を尽くしてくれるかもしれない。場合によっては裏切ってくれるかもしれない。

だが、橋本には二人に対して完全な嘘をつき通すというような気は失せていた。

何故かは、わからない。

ただ、このふたりには、耳に心地よい言葉や親切心をほのめかすような言動より、とことんフェアの方がトラブルがないだろう、という判断があった。

(全ては任務の為だ)

橋本は自分に言い聞かせる。

有野とは違う。自分は同情なんかしていないのだ。

すべては計算であり、理詰めであり、最終的には達成するための方便にしか過ぎない。

実際、彼らに対してフェアであると言うのであれば、自分が潜入捜査に来たということぐらいは言うべきだろう。

告げていないのに、彼らに対して自分が誠意や善意を持っていると、考えるのは傲慢というものだろう。

潜入捜査官は、自分自身に、相手に対する誠意があるものだと自己暗示をかけながら、最終的には彼らを騙す、人としてのある一点でごまかしようもなく、薄汚れた存在なのだ。

それが、たとえ法律で許され、正義や、国家の安定、民間人の安全を保障するための行為であろうとも、それとはまた別に許されるべき行為ではないのだ。

我ながら安っぽい自己嫌悪と、自嘲の入り混じった思考の中、ファミレスの看板が橋本を現実に引き戻した。

「とりあえず飯だ。アクトのほうは、あっという間に終わるか恐ろしく時間がかかるか、どっちかに決まってるからな」

☆

香はコンビニを出ると、急ぎ足で、近くの公園へ移動した。

ベンチに腰をおろし、ハンドバッグの中から今さっき橋本の手で放り込まれた文庫本を取り出す。ページをめくると、本のあちこちに、爪でつけたとおぼしき凹みが十数ページおきにあった。

簡単な暗号の受け渡しである。

爪の凹みは、文字の側にあり、その文字を拾っていき、前もって用意しておいた乱数表に当てはめていけば、文章が完成するというものである。

香は、手にしたスマホのメモアプリを使って、その文字を拾い上げて入力していく。最終ページまで入力し終えて、スマホの画面を改めて見、頭の中に記憶した乱数表と照らし合わせる。

橋本からの伝言は以下のようなものだった。

『テダシムヤウ、ハチシウマデヨユウアリ、オレガシンデモナニモスルナ、ソチラノソウサツヅケラレタシ、フネ、ダイゴいろはまる、リーダーミカサ、シンジョウ、ベツ・シラカワ、あくと、るい』

つまり、このまま自分には関わらず自分の範囲の捜査を続けろ、八週間は余裕がある。第五イロハマルと、リーダーと思しいミカサ、シンジョウなる人物を調べること、それとは別に、シラカワ、アクト、ルイ、という人物を調べるように、という意味だ。

「なによ、もう」

ぷうっと香の頬が膨れ上がった。

「馬鹿にしちゃって！　さんざん人に心配かけておいて、何か一言ぐらいあってもいいのに！」

☆

アクトは、何度もスマホに映ったホテルの外観と現実の目の前にあるホテルを見比べた。間違いなく同じ建物だ。

そうは思っていても、足がそれ以上前に進まない。

やがてメールの着信を知らせる振動が掌から伝わってきた。慌てて中を見る。

「今どの辺ですか？」

メールの中身を見て、アクトは心臓が早鐘をうち、冷や汗が首筋から背中へと、ダラダラ流れていくのがわかった。

三秒ほど考え、とりあえずメールを打つ。

「今、ホテルの前にいます。そちらはいらっしゃいますか？」

自分でも何言ってんのかわからない内容だがとにかく、メールの返事を送らねばならないので、送る。

不意に、ラブホテルの自動ドアが開いた。

送られてきたあの写真のままの、長い黒髪の美女がにっこり微笑んで出てくる。

「あなたでしたのね！」

そう言って、女は、アクトの身体に抱きついた。

「背が高いんですね！　私、こんなに背の高い人は初めてです！」

何が初めてなのか、という馬鹿な質問が一瞬、アクトの頭の中をよぎっていったが、それよりも、姉とは違う、柔らかくて、いい匂いのする、女の身体そのものから発せられる色気と、姉とは違う許容の微笑と、こちらを見つめた目の中に明らかに明滅している、色欲の輝きを見て、アクトは、自分が思った通りのものが、この世の中にはあり、それが今手の中にあるのだということに気がついた。

実感と同時に股間が熱く硬くなっていくのを感じる。

「まぁ」

姉ならば、とたんに獣を見る目つきと、嫌悪の表情もあらわに、飛びのくような生理現象の感触だろうが、女は逆に、ねっとりとした手つきでジーンズの上から、アクトに触れた。

「うふふふ……大きいんですのね。それにとっても硬い……」

二重まぶたの大きな瞳を潤ませながら、女は自己紹介した。

「私の事は〈時雨〉と呼んでください。あなたの事は何とお呼びします？」

アクトは、素直に自分の名前を口にしていた。

「じゃぁ、アクトさん。忘れられない初体験にしましょうね」

〈時雨〉はそう言って、チラリと唇を舌先で舐めた。

☆

「……〈時雨〉さん、大丈夫なのかなぁ？」

アクトと〈時雨〉が入ったラブホテルから離れたところに停車している、ワンボックスカーの中で、〈トマ〉はポツンとつぶやいた。

彼の膝の上にはいつものようにノートパソコンが開かれており、橋本の顔を、香を通じて一時的に借り受けた、警察のNシステムを使用して、ショッピングモールを起点とし、どこから来たのかを逆探知していた。

「僕の時みたいに無茶はしないでほしいんだけど……」

かつて、まだ処女だった〈時雨〉は、〈トマ〉の秘密……女装趣味の動画アカウントを突き止め、口止め料として、セックスした。

もともと、倒錯した願望のある〈トマ〉は、彼女を犯すだけでなく、自らも犯されることを望み、かくして、〈時雨〉は、驚くべき性の才能を開花させることになった。

その延長線で、おそらくはいわゆるノンケ……平凡的な性的嗜好の持ち主であろうアクトのこれからのことを想像した。

「……僕みたいにされるのかな」

思わず目が潤み、膝の上に乗せたパソコンがつんのめるほどに、股間が隆々と硬くなっていくのを感じ慌てて、〈トマ〉は頭を振って妄想を追い出した。

意識を今の仕事に振り向ける。

「やっぱりノートじゃ処理が遅いなぁ」

声に出して、思考を切り替えた。

橋本の足取りははっきりしていて、乗ってきたタクシーのナンバープレートを、確認したら、後は、タクシー会社のＧＰＳシステムの中に侵入し、足取りを追う。

やがて、博多港から橋本がタクシーを拾ったことがわかった。

「船か……どうりで、システムとか顔認証に引っかからないわけだ」

だが、ここまで来たら後は簡単である。

港の中だから監視カメラも、彼の姿を捉えている。

時系列をたどっていけば、監視カメラの中に橋本が出てきた船が映るはずだ。

「えーっと、三時間前でいいのか……、な、な？」

港の警備システムに侵入し、監視映像を、三秒ごとに変更される四分割された画面でチェックしていた〈トマ〉の顔が凍った。

気づいたきっかけは倍速再生している動画が、不意に数分間途切れたことだ。

次に映ったのは、乗船デッキを登っていく、ソフト帽に背広の男の横顔。

白髪の、温厚そのものな老人。

ほんの数秒、そしてまた画面は砂嵐になり、しばらくして元に戻った。

〈トマ〉は慎重に、その動画を巻き戻し再確認する。

老人の腕には、質素な出来の背広には不似合いな、高級そうな腕時計が巻かれている。

「え？」

〈トマ〉の顔から、血の気が引いていく。

香が戻ってきた。後部座席に入るなり、イライラとカツラを脱ぎ捨て、後部座席に放り込む。

「まったく!?」

すねた少女の声で、どかっと香は〈トマ〉の前にあるシートに腰を落とした。

「ねぇ、〈トマ〉、聞いてくれる?」

一気呵成に、全く橋本が自分に対して反応してくれなかったことなどをぶちまけようとした香へ、〈トマ〉は手を挙げてそれを制した。

「ちょ、ちょっと待ってください!」

上ずる声をあげながら、フード付きパーカーのポケットから、めったに使うことのないメモ帳を取り出し、何かを色々と片付け、さらに持っていたスマホで、いくつかの画面写真を撮ると、勢い良くPCを閉じた。

そのまま、PCをひっくり返すと、バッテリーを抜き、挿入されているハードディスクを取り外した。

さらに、PCを車の床に叩きつける。液晶が外れ、ボディに亀裂が入るほどだ。

〈トマ〉は最後に、護身用に持っているスタンガンを取り出すと、床に叩きつけてほぼ全壊しているPCに押し当てて、スイッチを入れた。

激しい火花とともに、PCのむき出しになった中身が、車の中で煙を上げていく。

「一体どうしたの！」

窓を開けながら驚く香に、〈トマ〉は強張った顔で答えた。

「やつがいます」

「誰？」

「〈ボス〉のいた場所に、〈ボス〉が出て行って五分後にINCOが来ました！　後ろで糸を引いてるのは奴らです……僕ら、奴にもう、見つかっているかもしれません。〈ボス〉も危ないかも！」

「落ち着いて、〈トマ〉！」

香は普段の冷静さに戻って、浮き足立つ〈トマ〉を叱咤した。

「とにかく、奴かどうか、まず確認して！　さっきそのために色々としてたんでしょ？」

「あ、そ、それなら、予備のまっさらなPCが要ります」

「買いにいきましょう。近くにショッピングモールがあるからそこで」

言いながら運転席に移動する香に、

「だめです！　ここは奴のテリトリーです、僕らの顔がばれるかもしれない！」

何も知らなければ、誇大妄想とでもいうべきようなことを、〈トマ〉が叫ぶ。

「わかった、最低でもどれくらい離れればいい？」

「最低でも二〇キロ！」

〈トマ〉の言葉にうなずいて、香はエンジンを始動させた。

☆

「ＩＮＣＯ？」

東京でＫＵＤＡＮのアジトに戻っていた〈ツネマサ〉は、香からの電話に驚いていた。

「何でまたここに？」

そばで〈狭霧〉が首をひねる。

『なにが起こるか判らないから、今日、この瞬間から最高レベルで警戒して、全員武装、銃の携帯を許可するわ。いえ、アサルトライフルと弾薬を確保して、手の届くところに待つようにして』

スピーカーモードにした、〈ツネマサ〉のスマホから響く、香の声は緊迫感に溢れていた。

「そんなことより、〈ボス〉を回収しなくていいのか？」

当然の疑問が、〈ツネマサ〉の口から出たが、

「それは、だめ」

香の声は、苦渋に満ちていた。

「さっき、指示があったの。何があっても、潜入捜査は続けるって。回収不要、こちらから連絡があるまでは、こっちの捜査を続けて、手出しをするな、だって」

今にも泣きそうな香の声に、〈ツネマサ〉はただ黙るしかなかった。

第六章　暴力の夢

☆

夕方近くになって戻ってきたアクトは、夢見心地の穏やかな顔で、ルイを呆れさせた。

「……すばらしかったです」

初めて出会ったときの昏い雰囲気が嘘のように、アクトは微笑みさえ浮かべた。

「幸せ、ってあるんですね……」

しかもその時に、〈時雨〉とアクトはメッセンジャーアプリのＩＤまで交換していたらしい。

てっきり腑抜けになると思っていたが、アクトは翌日から、うってかわって明るい笑顔を見せるようになり、指導の助手をこれまで以上にてきぱきとこなすようになっていった。

ルイは、その様子を見て複雑な表情を数日浮かべていたが、少なくとも、弟が自分と関係を持とうとする不健全な思考から解き放たれたと感じて、こちらも笑顔を見せるようになった。

橋本にしても、アクトを通じてではあるが、外への連絡手段が確保できたというのは大きな成果だと言える。

とは言え、半ば囚われの状況が変わったわけではない。

実際、トラブルを起こしたり、逃げ出そうとしたもの、あるいは指定された範囲の外へ出ようとしたものは、容赦なく次の上陸の権利が剝奪された。

場合によっては、処罰の対象にもなり得る。

橋本の二度目の上陸時に、コンビニで酒を買い、酔って暴れたことが暴露された工場の職工のひとりが、海に突き落とされるのを橋本は見ている。

陸からかなり離れた所で、海に放り出すというだけでも、充分に死を予見させるものであるが、突き落とした場所はスクリューが回転している船尾近くだった。

案の定、その職工は、スクリューに巻き込まれ、船の航跡には、しばらくの間長い血の航跡が残ることになった。

なので、橋本も外への連絡は、どうしても慎重なものにならざるを得なかった。

上陸地点は福岡の次は岡山、三日後に神戸と不規則になった。

白川の話だと、予定よりも「コーハク」の製造が軌道に乗ったらしく、まとまった数ができたため、急遽横浜で荷下ろしということになったらしい。

「まぁ、この前一回、上陸が飛んでしまったからな。ちょうどいい埋め合わせじゃねーのか」

白川は呑気にもそう答えた。

困ったのはルイが、あれほど強く事実の一面を告げたというのに、橋本を尊敬の目で見るようになったことだ。

アクトは、出会い系アプリの使い方を覚えたものの、〈時雨〉とのメールのやりとりに夢中になっていた。

（精神的には子供だな）

どこか〈ツネマサ〉のことが、懐かしく思い浮かんだ。

☆

御徒町のKUDANアジトに、久しぶりに香たちは集まっていた。

「第五イロハマルは、カナダ船籍の貨物船で、南宝生貿易というペーパーカンパニーに貸出しされてるものです」

香は鬼気迫る表情で〈時雨〉たちに報告した。

メイクでは誤魔化し切れない隈が出来、肌の色艶は悪く、明らかに三日以上寝ていない。

「ミカサについては？」

「は、はいっ！」

部屋に入って、香の変わり果てた様子に、呆気にとられていた〈ツネマサ〉が、慌てて立ち上がる。

「おそらくこの男です」

差し出したタブレット端末には、超望遠レンズで撮影した、船のデッキの上で部下と談笑しているミカサの顔と、橋本が知る顔より十歳は若いアメリカ陸軍の、緑色の礼服を着用した士官の顔があった。

「本名は傘見泰造。現在六十二。香さんの読み通り、軍事関係者でした」

橋本が聞けば驚くようなミカサの年齢を、〈ツネマサ〉は報告した。

顔写真は三週間前に、神戸で撮影したもので、停泊地から二キロ離れたビルの一角から撮影した。

それを手に、〈ツネマサ〉が自衛隊時代の伝手を辿ったのである。

「八〇年代、十八歳で渡米、兵隊になってグリーンカードを取得、その後も軍に残りましたが二十五で、陸軍を不名誉除隊。理由はイラクにおける物資の横流しと、捕虜虐待……噂では、日本から持ってきた刀で、拘束した捕虜の首を刎ねたらしいです」

「あら。ずいぶん身勝手な人ですのね」

ニコニコと〈時雨〉が首を傾げる。

「無抵抗な人の首を斬っても、名誉なんかないのに」

しれっと、こういうことを言うのが彼女らしい。

仲間たちも苦笑だけで終わらせてしまった。

「で、除隊した後は？」

「南アフリカでPMCに入って、二年後にそこの社長が死んだのを契機に会社を買い取ったみたいですね。もっとも社長の死は彼が画策したんじゃないか、って話でしたが。それ以後は日本から流れてきた新庄直弘という奴を右腕にして、暗殺とかを請け負ってたみたいです」

その時〈時雨〉が立ち上がる。

「それでINCOの雇われになった、ってことね……アクトとルイに関しては？」

「えーと、本名は、塚田阿久人くん。お姉さんは泪さんですね。二人とも、千葉の人でしたけど、南米の警察からいくつもの事件で指名手配を受けていて、さらに向こうのマフィアからは懸賞金も掛けられてます。〈ツネマサ〉さんの話と統合すると、十代の半ばに、ミカサの部下になって、そういう仕事を実行したんでしょうね」

「過去は？」

「お母さんが死んで、その再婚相手から虐待を受けていたそうです。アクトくんはそのミカサという人が、お義父さんを殺してくれた、って思ってますけど……〈トマ〉くんに調べてもらったら、どうもお姉さんが手を下したみたいですね。首が切断されてましたが、急所を確実に仕留めてから、ではなく、包丁を何度も振り下ろしたみたいですから、プロの仕事じゃありません……勇気のある人です」

と、いかにも彼女らしい感想をつけて〈時雨〉は報告を終えた。

「で、ＩＮＣＯについては？」

〈時雨〉の隣で、トマがビクッとなった。

「え、えーとですね、あのその、た、たぶん、僕らは今のところ大丈夫です。ＰＣは処理したし、ＳＩＭもカードも破壊して……」

「いや、そういう話じゃないだろ？」

〈ツネマサ〉がツッコミを入れる。

「あ、は、はい」

いつになく挙動不審の〈トマ〉に、そっと〈時雨〉が手を握ってやる。

一瞬、〈ツネマサ〉の目が吊り上がるが、〈トマ〉の安堵する表情をみてしかめっ面程度に押しとどめた。

「とりあえず、あの時、〈ボス〉の船に来たのは間違いなくINCOです。その後の出入りはありません」

「しかし、こんな爺さんがねえ」

〈狭霧〉が首をひねる。ダークウェブの説明は受けたが、今一つ、その恐ろしさが理解できていないらしい。

「年寄りなのは、多分見せかけです。この一ヵ月近くで色々分析してみたんですが、首の後ろの皮膚の張りと、顔全体の皺が合致しません」

「つまりラバーマスクか？」

「いえ、多分手術です。闇医者使ったのか、それとも自分でやったのかもしれませんが、とにかく、この顔は偽物です」

「耳で特定できないのか？」

「そこもやってみましたが、少なくとも前科者リストにこの人に合致するのはいませんでした」

「自分でジジィに偽装かぁ……なるほど、頭がどうにかしてんのは判った」

〈狭霧〉からすれば、理解しがたいが、その不気味さは感じたようだった。

「まあ、見かけ老人で、そこそこ痩せぎすだったら、無害な存在だ、と大抵の人は思いますし、舐めてかかる人間がいれば、体力も運動能力も外見以上ですから、痛い目を見るでしょうし……そこまでして悪いことがしたいんですのねぇ」

やんちゃな子供を前にした保育士のように頰に、指を当てて小首を傾げる〈時雨〉。

「まあ、倒すのに躊躇なくて良いですけれど」

「で、えーとウェブの履歴とかから、こっちが見られないようにアクセス取るのに難儀しましたけど、どうもあの船は一週間から三日に一回、何処かの港に寄るたびに例の『コーハク』を出荷してるみたいですね……多分、同じ様な製造用の船が何隻かあるんだと思います」

「そうそう『コーハク』なんだけど今、一挺一万まで値下がりしてるって」

〈狭霧〉が手を挙げた。こちらは元無戸籍の人間と、外国人労働者に顔が利くので、別角度から情報が収集できる。

「ただ、オマケの銃弾は半分で、別に買うとしたら値段が一発千円……あと、多分、作ってるのは町工場のおっちゃんたちじゃないか、って。この所あちこちの駄菓子系の玩具工場が閉鎖してるんだけど、そこのベテランの職人が『外で働いてくる』って、行方不明になって、家族に毎月凄い金額が送られてくるみたい。大抵、宅配の箱に土産物と一緒に現金が入ってる方式の送金だから、ほとんどの家が黙ってるそうだけど。で、その職人がいなくなる前に仲のいい外国人労働者に声かけてる。こっちもいなくなるけど、家族への送金はビットコイン経由、日本で普通に働く時の何倍もの金が、っていうから多分金額は同じなんだと思う」

「……警察は未だに暴力団と、国外マフィアのルートを追ってるわ……国外マフィアはともかく、暴力団はほとんど沈黙、裏で金のやりとりがされてる、って言われてるけど出所は不明。首を傾げてるわ」

香は溜息をついた。栗原がKUDANを作る理由が、改めて理解出来る。

「コーハク」は儲からない、儲けを度外視している。

数十億単位の金を動かし、船を買い取って工場に改造し、3Dプリンターのオペレーターと、職人を雇って、銃弾から増産、さらにこれまで密売拳銃で利益を上げてきた暴力団に金を渡して黙らせている。

そのくせ、売っている銃器類は一挺二、三万。利益など上がるはずはない。

「そういえば公安の『ゼロ』さんたちって？」

〈狭霧〉の言葉に、香は首を横に振った。

「どこから情報が漏れてるか、さっぱり判らないみたい。今、どこも口を利かないというか、進行中の捜査からも引き上げが出てるって」

「……つまりその程度には情報が漏れる、ってことですよね」

「組織だからね。それにＩＴが絡むようになってからは、情報の完全な保全は、ますます難しくなってきてるし……」

「全部昔のように紙とテープレコーダーに戻す、としても印刷の段階でデータが残りますからね、今は。テープレコーダーの内容だって盗聴したりコピーしたりできますし」

〈トマ〉は溜息をついた。

「確かにまだ警察庁の地下には活版印刷機と輪転機が残ってる、ってことだけどね」

香は溜息をつく。

「あと多分、シラカワ、って人は『ゼロ』じゃないかって思うんだけど……」

「そうなの？　あたしが聞いてきた、いなくなった職人の中にも白い川って書いて白川って人がいるんだけど」

「同一人物かしら？」

香は首を捻（ひね）った。

「ゼロ」の潜入方法は様々だ。即席で複数人物の経歴を作り、一つを選ぶ、というやり方もあれば、数年がかりで一人の存在しない人物を作る、というパターンもある。

「その白川って、何の職人さんなの？」

「火薬と花火。若い頃にそれでしくじって指を二本吹き飛ばした、って話」

「潜入した公安の捜査官にも、指のない人がいるってのは聞いたけど……たしか、彼はこの前死体が上がったはず」

「いつです？」

〈トマ〉の問いに、香は少し記憶をさぐる顔になった。

思い出せないのか、スマホを取り出して画面を呼び出す。

「死亡推定時刻は、〈ボス〉があの船に潜入した前ね……じゃあ、別人なのかしら？

……ああだめ、寝不足つらいわ……」

「写真、撮ったんですか、捜査資料の！」

〈トマ〉が驚いて声を上げる——これまで、香は決して捜査資料をスマホの写真に収めるようなことはしていない。資料はコピーの一部を作って、という形にして、手元から離れたらどこから流出したか判らない様にする用心深さがあった。

「寝たほうがいいですよ、絶対」

恐る恐る進言した〈ツネマサ〉の言葉に全員が頷く。

「そんなわけにはいかないのよ……あと一ヵ月も〈ボス〉があの中にいるんだから」

血走った目が、全員を見た。

「他に何か情報はない？」

「……えーっと……足柄がらみなんで関係あるかはわかんないんですが」

と〈狭霧〉が手を挙げた。

「なに？」

「近いうちに『コーハク』の売り尽くしがあるかもしれない、って」

「売り尽くし？　バーゲンセールでもするの？」

「それが足柄にも判ってないらしくって……最近シマを荒らされてる銃器密売の連中が、アジトに踏み込んで皆殺しにするから、って話もあれば、新バージョンがでる、って話もあって……」

「いつか判ったら知らせて。売り尽くし、ってことはどこかでまとめて売る話かも知れない……ああもう！　なんか思考がまとまらないーー！」

最後の部分は絶叫になっていた。

そのまま、香はどすん、と一人がけのソファに身を沈める。

ドン引きしてソファから腰を浮かす〈ツネマサ〉に、〈時雨〉がニッコリと微笑んだ。

「えーと、ちょっと私と〈狭霧〉とでお話ししますから、今日はお開きにしましょう。また明日、ここで」

「ああ、そういえばみんな、ちゃんと武装してる？」

「ええ」

香の言葉に〈時雨〉はジャケットの裾をめくった。

彼女の腰の後ろには蝶が羽を広げるように、スライド部分をピッタリと合わせて、ラウゴ・アームズのエイリアン自動拳銃が二挺、レザーホルスターに納まっている。

〈狭霧〉はジャケットのポケットに放り込んだキンバーのリボルバーを抜き、〈ツネマサ〉は橋本の予備のマカロフ、〈トマ〉は元から持たされていたフランスの古式銃ル・フォーショーリボルバーを改良して９㎜パラベラムが装填出来る様にしたル・フォーショー改を見せた。

「ＡＫは？」

「俺たちは家に」

「僕は以前同様車に積んでます」

この中で車を持っているのは〈トマ〉だけだ。

「とにかく、今はＩＮＣＯに雇われた連中の襲撃にも、注意してね」

先ほどの激高が嘘のように、すっかり力のない声で香。

「はい」

〈ツネマサ〉と〈トマ〉は立ち上がった。

「じゃ」

何故(なぜ)か〈トマ〉は先を急ぐように出て行く。

少し首を傾げながら、〈ツネマサ〉は深々と、いつものように一礼して部屋を出た。

☆

「おい、〈トマ〉、一体どうしたんだよ？」

「いやあの、ちょっと、今回の捜査で、思いつくことがあって……」

「？」

「ほ、ほら、ＩＮＣＯの件ですよ！　ダークウェブにハマってる奴がいるんで、そいつに動向がわからないか聞いてみることができないかなーって」

「なあ、一つ聞いていいか？」

「は、はい？」

「ＩＮＣＯってのはどうやって、犯罪の実況をやって金を稼ぐんだ？　ほら、実況っての は告知ってものがあるだろ？　ああいうのを最初に探っておけば上手く行くんじゃないの か？」

「あー、それは結局警察とかにチクるのが出てくるんで、ＩＮＣＯはやらないらしいんで すよ……せいぜい犯行時間の十分ぐらい前に予告動画が流れるぐらいで」

「予告動画ねえ……」

「まあ、大抵内容も書かず『はじまるよ』って書いてあるだけらしいですけれど」

エレベーターに乗ると、少し〈トマ〉は落ち着いたようで、喋り始めた。

「詰まるところですね、ダークウェブにずーっと貼り付いてる人が、実況予告がはじまる と、触れて回るんですよ」

「ダークウェブに貼り付く？　大丈夫かそいつ？」

「まあ、ダークウェブは自分も犯罪に手を染めてる人にとっては居心地いいですからね。 あと、金払ってくれる人には優しいです……たとえばＦＸとかで儲けてて、ずーっとパソ コンに貼り付いてなきゃいけないけど、もう並みの動画サイトとか、漫画サイトとかに飽 きちゃった金持ちとか」

「……お貴族様の遊びか。随分インドアだなあ」

「まあ、そういう人が、ライブ配信が始まると知り合いに触れて回るわけです、そうなると人が集まってくる……以前、僕らが停めたキルドーザー……コンクリートの戦車事件の時も、予告だけは流れて、いざはじまるか、と思ったら『中止』って出たらしいです」

「まあ、あの時は、こっちが暴れ回る寸前で停めたからな」

「あの時は、何人あの戦車が殺すか、パトカーが何台壊れるか、が賭けの対象だったみたいです」

「嫌な話だな、おい」

〈ツネマサ〉は唇を歪めた。気分のいい話ではない。

「ええ……結局、〈ソロバン〉さんだけが犠牲になりましたけど」

〈トマ〉が押し黙る。

エレベーターが一階についた。

☆

「〈ケイ〉さん、大丈夫ですか、本当に？」

香の前に湯飲みに入ったお茶が置かれた。

「あ……ああ、ありがとう〈時雨〉」

一口すすって、香は長い溜息をついた。

「さすがに今日は寝る……」

わ、と言いかけた香の頬にふっと、〈時雨〉が触れた。

「寂しいのですね？　判ります。私も独房にいたとき、とっても寂しかった」

覗き込む〈時雨〉の眼は爛々と輝き、香は動けなくなった。

肉食獣だ、と脳の奥が直感する。

「ちょ、ちょっと待って、〈時雨〉……さ、〈狭霧〉っ！」

「え……と、ごめん。あたし、〈時雨〉さんには逆らえないッス」

そう呟いて、〈狭霧〉は首を横に振りながら、上着を脱いで小麦色の豊かなバストを露わにした。

「ちょ、ちょっとまって、私、女同士は……」

「わかってますわ、私は両方好きだけど、〈ケイ〉さんは違う」

〈時雨〉は艶然と微笑んだ。

「でも、お腹が空いているときは、素直につまみ食いをするものですわ」

「待って……ちょっ、ちょっと……」

「私、ご主人様役をするの、上手いんですのよ？」

そう言われて、完全に香は凍り付いた。

（この娘……私の本性を、知ってる！）

香は学生時代からドのつくマゾヒストで、ちょっとしたきっかけで橋本に処女を捧げて以来、彼の忠実なM奴隷として生きる事を望み、それがKUDANへの協力と参謀兼サブリーダーとしての職務を遂行する動機となっていた。

そのことを、〈時雨〉は完全に見抜いている。

「ど、どうして……」

「私、どうやらSらしくって」

〈時雨〉は、長い髪をかき上げながら、爛々と光る眼で香を見つめた。

「Mの匂いはすぐ判りますの」

そう言って、細い指が、香のタイトスカートの中に滑り込んだ。

「ほうら、今日もこんな細い、いやらしい下着……牝の匂い、垂れ流しですわね」

香は、何か声を上げようとしたが、代わりに出たのは久しぶりに満たされる、捕食される草食動物のようなか細い喘ぎ声だった。

「ふふふ……今日はあそび、です。いいですね」

香の耳元で、〈時雨〉が囁く。

「……は、はい……ご、ご主人様……」

素直に香の口から言葉が、脚の付け根の蜜液と共に溢れた。

「ふふふ、やっぱり骨の髄から、マゾなんですのね」

そう言って、〈時雨〉の指がさらに深く、香の中を抉って、彼女は悲鳴を上げた。

「〈狭霧〉、〈トマ〉君を呼んで……みんなで楽しみましょう」

「は、はいっ……」

引き締まった尻肉の殆どが露出するようなブルーの下着に包まれた、逞しく鍛え上げられた太腿の付け根をモゾモゾとさせながら、ふたりの行為を見つめていた〈狭霧〉は、我に返って、慌てて脱ぎ捨ててあったスカジャンの内側からスマホを取り出した。

〈狭霧〉が〈トマ〉を呼び出す間も、香の声は高く、高く部屋の中に響き、彼女を責める〈時雨〉の囁き声がそれに重なったハーモニーを奏でる。

☆

一月が過ぎた。

そろそろ実弾射撃をしなければ話にならない。

新庄を通じてミカサに告げると、白川を交えた話し合いということになった。

「コーハクを、四十挺揃えて、実弾は一人頭二千発。これが最低のラインだ」

「あー、そのことなんだが。ちょっと変更になった」

わざとらしく、ミカサは頰をかいた。

「なんだ、中止か？」

「違う、仕様変更だ。これからはM４ライフルを使ってもらうことを想定した訓練に切り替えてくれ」

「お前らの、部下たちと同じような銃か？」

「その通りだ。まぁ、反乱を起こされては困るので、ダミーカートと、トレーニングウェポンを使った訓練をしばらくやってもらおう。実弾射撃は、陸に上がってからだ」

それと、とミカサは続けた。

「納期を短縮してもらう。あと一週間で、最低限ライフルを担いで走って狙って撃てるようにしてくれ」

「おい、三週間も短縮しちゃ、カカシにしかならんぞ！」

「まぁ、そこは実地でなんとかするさ。君は基礎訓練だけしてくれればいい。最低限三十分走り回れれば良いのだ。M４ライフルを抱えてな」

「……一体、連中に何をやらせるつもりだ」

「まぁ、簡単なことだ。少なくとも、最前線の兵隊のような激戦には巻き込まれんよ。そうなったとしても、それは今日明日の話ではない。彼らが生き残ったらその先、というところかな？」

ミカサの言葉は、これまでになく歯切れが悪く、同時に、何かの契約が近づきつつあるのだということを橋本に思わせた。

「それはそれとして、今夜、君たちのところの生徒を借りるぞ」

「何をするつもりだ？」

「簡単な……ちょっとした作業をしてもらうだけだよ」

ミカサは笑った。

☆

「……というわけで、今夜、作業があるらしい。くれぐれも、みんなに言い聞かせておいてくれ。とにかく気をつけるようにと。できれば俺も立ち会う」

ミカサとの会合が終わり、橋本は、自室でアクトとルイに食事をしながらそう話した。

「多分、荷物の積み込み作業の手伝いじゃないですかね」

アクトは、あっさりと答えた。

「これまでも何度かそういう手伝い、ありましたもん」

「本当か？」

「もともと、僕たちはそういう作業のために雇われましたから。教官が来るまでは、コンテナのナンバーの書き換えとか、積み荷の移動とか、そういう力作業でした」

「……なるほど」

ミカサが、一日二千キロカロリーを与えていると言ったのに、出会った頃の候補生たちが痩せぎすなものばかりだったのは、カロリーと作業のバランスが取れていなかったからなのだろう。

すると、呼び出しのブザー音が鳴り、

「兵隊候補生、並びに作業要員は、十分以内に甲板上に集合、繰り返す……」

と船内放送が流れた。

「じゃぁ、僕たちも行ってきます。姉さん、行こう」

アクトがそう言って、立ち上がった。

ルイも、うなずいて立ち上がるが、

「ちょっと先に行ってて。明日のことで教官に相談することがあったの忘れてた」

と、アクトに先へ行くことを促した。

「ＯＫ」

　アクトが片手を上げて部屋を出ていく。

「教官……あの」

　ペコリとルイは頭を下げた。

「どうした、急に」

　そう言いながら、ある予感が橋本にはあった。

　面倒くさいことが起きる。

　幸い、これまでの人生で、そういうものの避け方を橋本はある程度心得ていた。

　ルイが頭を上げた瞬間、横をすり抜けて部屋から出る。

　完全に間合いを外されて、ルイは慌てて後を追う。

「用件なら歩きながら話せ」

　いつもと変わらない声で、橋本は言いながら歩く。

「は、はいっ！」

　一瞬、ルイは言葉に詰まった。

「アクトとは最近、どうだ」

「は、はい、弟はとても最近、安定していて、優しくなった、というか、落ち着いたというか……」

「すまんな」

「え?」

「俺は、アクトを捻じ曲げた。この前話した通り、こういうやり方で、性欲を発散させるのは、健全な女性観を作らせない。今はいいが、いずれ、その辺の歪みが出てくるはずだ。そうなった時、俺はここにいるかどうかわからん」

「……そういうもの、なんですか?」

「女性を買う、ということは、本来恥ずべき行為だ。まぁ、人に金を払って最もプライベートな行為をするんだ。健全とは言えない。あいつは、ちゃんとした人間同士の付き合いを覚える前に、そういう人の付き合い方を覚えさせてしまった。俺がいる限りは、何とかフォローはする。だが、生涯付き合えるわけじゃない。ルイ、お前はどう考えている?」

ルイの足音が止まった。しばらく歩いて振り返ると、彼女は俯いて震えていた。

「まだ、難しい話だな」

少し、声の調子を優しくした。

「だが、考えろ。物事は流動……必ず変わる。人との関係も、だ」

橋本は俯いたままのルイに語りかけた。

彼女が欲しているものが、そんな言葉でない事は理解している。

だが、ここで突き放さねば、彼女は橋本に依存する。

彼女は、自分にどんな心情を抱いているか、橋本は理解していた。

たった一人で、弟の面倒を見、その性欲を受け止める役割を押し付けられるところを、なんとか回避させてくれて、しかも、弟の性格や行動が、良い方向に変わっていった。

さらに加えて、自分自身に対しても親切にしてくれて、服まで買ってくれたのだ。

これまでの会話から、うっすらと理解できる彼女の人生を考えれば、その幼さから考えても、恋愛感情、あるいは父性に対する愛情に似たものを抱いていて、その見極めは彼女自身にもついていないに違いない。

それを利用して潜入捜査に役立てるという手もある。

だが、それは橋本の性分ではなかった。

「俺は、いずれお前たちとは別れる」

「えっ……」

「この仕事が終われば、俺は残りの報酬を手にして、ここを去る。出来るかどうかはわからないが、少なくともその予定で生きている」

「じゃあ……」

何かに縋ろうとするルイの言葉に、橋本は冷たく告げた。

「俺の人生はコンパクトにできている。お前たちを詰め込む余裕はないんだ」

その時のルイの顔を、橋本はじっと見つめた。

それは、ようやく暖かい寝床を得た子猫が、再び雨の中に放り込まれたような、そんな絶望と怒りと、失望が入り混じった、暗くて歪んだ顔だった。

そうだ、それで良い。

「忠告しておく。お前は、一人で生きるべきだ。弟の世話をしすぎれば、それはお前の人生の目的にすり替わってしまうぞ」

橋本は再び歩き出した。

彼女がどう反応するか、わからない。

怒りを買って、何かの密告をされる可能性もある。

あるいは、今夜、あるいはいつかの夜に、橋本の寝込みを襲って、ナイフが降るかもしれない。

ルイの刃物の扱い方が達人並みなのは、一昨日からの模擬戦で明らかだ。

アクトが一線を越えるために、安易に暴力を使わなかったのもうなずける。

船の揺れが激しくなっているのを感じながら甲板に出た。

甲板の上には、煌々（こうこう）とライトがつけられていたが、それをかき消さんばかりに、激しい雨が降っていた。

そして、貨物船から数百メートル離れたところを、巨大な豪華客船が行くのが見えた。

違う、停船している。

正確に言えば、船はゆっくりと減速しつつ、停船しようとしている真っ最中だった。

普通の乗り物と違い、船……特に大型船は、簡単には停止ができない。

橋本が目を凝らしてみると、そのシルエットと船体に書かれた文字からして、世界的に有名な中東船籍の船であった。

単独で世界一周ができる数少ない豪華客船である。

「急げ！　船が完全停止するまであと十分しかない！　その間に準備を全部済ませるんだ！」

みると、ミカサの右腕である新庄が、声をからして、ずぶ濡れになりながら、陣頭指揮をしているのが見えた。

甲板の上では、作業員と、橋本の生徒たちが、声を掛け合いながらクレーンを使って、海中にワイヤーを垂らしている。

滑り落ちないように注意しつつ、手すりまで行って海を覗き込むと、海中にはすでに、水中スクーターを手にしたダイバーがいるのが、サーチライトで照らされてわかった。

ワイヤーを受け取ったダイバーは、ざぶりと水の中に潜った。最初、ダイバーの頭につけられたライトの閃光が水面の下に見えたが、それもすぐに見えなくなる。

「何をしている?」

振り向くと新庄が、キンバー製のガバメントを構えていた。

大人しく両手をあげる。

「生徒のうち、何名かがダイバーの資格を持ってる。安否が気になったんだ」

これは本当だ。ルイたちから兵隊候補生たちのある程度のプロフィールは把握している。

「奴らは海に入れてない。甲板作業だけだ!」

「わかった、勘ぐるな」

相手が引き金を引くかどうか、橋本は考えた。

まだ生徒たちは銃の扱いも知らない。この連中にど素人に毛が生えた程度の体力の上に、惰性で流れてきただけの奴らを教育できるか。

できない。

そして新庄は、ミカサの損になることは選択しない。

だが、わからない。

脇の下を雨粒ではない、濡れた雫が落ちていく。

数秒、橋本と新庄は睨み合った。

そして、一瞬の間。

瘦身のミカサの腹心は銃を下ろした。

ホルスターに銃を納めると、右手を目つぶしの形にして、最初に自分の目を指差し、次にその先を橋本に向ける。

海外、特にアメリカのギャングや、柄の悪い兵隊の間でよく使われる「監視しているぞ、下手な真似をしたら殺す」という警告と敵対の入った脅迫のジェスチャーだ。

（なるほど、海外暮らしが長くなると、脅しまでそっち流になるか。それともミカサの影響か？）

そんな皮肉を考える余裕が橋本に戻っていた。

☆

嵐のような時間が過ぎて、香、〈時雨〉、〈狭霧〉そして〈トマ〉の四人はぐったりと事務所のソファに倒れ伏すように眠っていた。

気がつけば夜明け前。

微かなうめき声をあげて、香は目を醒ました。

壁の時計を見ると四時間ほど眠っていたらしいが、驚く程、頭が冴えている。

酷い性交後の匂いがした。

無理もない。

「あー、掃除が大変」

「みんなでやればよろしいですわ」

ひょい、とさっきまで身動きしなかった〈時雨〉が起き上がる。

その真っ白な肌はぬめぬめと光っていて、まるで人間とは違う、別の生き物のようだ。

「あなた、寝てなかったの？」

「いえ、少し寝てました……えーと、〈ケイ〉さんと〈トマ〉君が〈狭霧〉に犯されてる時に少し寝て、それから〈ケイ〉さんが失神して、それから……」

「……言わなくていいから」

香は溜息をついた。橋本の留守を預かる身として張り詰めすぎたが、その張り詰めた糸は〈時雨〉のお陰でだいぶ緩んでくれた。

「礼を言うわ……昔から根を詰めたら、自分では止められなくって……マゾだから、自分を追い詰めるのが嬉しいのよ」

「そういうタイプだと思ってました。でも意外ですね、学生時代からお尻は調教されてたのに、前は処女だったなんて」

香の眼が感慨に遠くなる……高校生の頃の年上の恋人のことだ。

「変に潔癖な人だったのよ。高校を卒業したら、本気で結婚するつもりだった。彼は就職してて、いいとこまで行ってたけど、私が子供を産んだら家に入って……私を大学に行かせる、って。うち、警察一家だったから」

「イイヒトだったんですね」

「いいえ、週に一回は新宿の地下にある闘技場でステゴロ喧嘩のかけに参加して、自分が殴ったり殴られたりするのが大好きっていうクズ。折った指は百じゃ利かないし、半身不随にした人も二人ぐらいいたはず……それがいけなかったのね」

香は遠い眼になった。

「駅のホームでその半身不随にした相手の仲間と揉めて、入ってくる電車の前に放り出された……」

「その人たちは？」

「全員捕まったわ。当然ね……でも過失致死だから五年で出てきた。早い奴は模範囚で二年」

「復讐しなかったんですか？」

「まさか！　私は警察官になりたかったんだもの。だから、奴らをまた捕まえて、余罪も全部調べあげて、麻薬密輸と人身売買でぶちこんだわ。あと十年は出られない」

「……私も警官になれば良かったのかも知れませんね」

珍しく、気弱な溜息を〈時雨〉は口から吐き出した。

「どうしたの？」

「〈ツネマサ〉さんのことです、彼は、私を女神だと思っています。最初は敵地に乗り込んであっぱれ父の敵（かたき）を討った猛女、次は淑（しと）やかで大人しくて、有能で優しさを失わない、ヤ、ヤ、ヤマトナデシコとして」

「大和撫子……ねえ」

たしかに、あの〈ツネマサ〉の、見当違いな純情が思いつきそうな話だった。

「ああいうタイプは、純情が壊れると暴走するので、こういう部分は隠しているのですが、〈トマ〉君が色々限界みたいなんで、どうしようかと……」

「やっぱり、素直に話すべきじゃないの？」

「いっそ……〈トマ〉君と〈ツネマサ〉さんを繋（つな）げてしまおうかと」

「あんた……何言ってるの？」

「〈トマ〉君、女装させると可愛(かわい)いでしょう？　多分誰も股間を見ない限り、女の子だと思うんですよね。胸にも、シリコン入れさせれば完璧に……」

「ま、まって、まってまって！」

「男の子の〈トマ〉君にハメれば、彼は私のことなんか気にしなくなるし、そうなれば〈トマ〉君も罪悪感が減ると思うんです、どうでしょう？」

香は先ほどまでの感謝の気持ちが完全に失せたのを感じながら、しみじみと〈時雨〉を見やった。

「ね？」

「ね？　じゃないわよ……そんなことになったら〈ツネマサ〉壊れて自殺するわよ！」

「そういうものでしょうか？」

香は人生で久々に「言葉は通じているのに会話になっていない」のでは、という恐怖に囚われそうになった。

にっこりと〈時雨〉は笑い、「冗談ですよ」とつけ加えて。

これは、魔性の女だ。間違いない、と確信した。

同時に羨(うらや)ましくもある。やりたいことをやり、誰からも指図されず、自由に生きている。

だが、自分はMだ。

誰かに命じられ、耐えながら達成することで得られる「ご褒美」無しでは生きていけない。

それだけに橋本の帰りは心配だった……やはり香にとって「ご主人様」は橋本一人なのである。

「で〈ボス〉のほう、どうしますか？」

この一ヵ月ちかく、千々に乱れていた心が、数時間の乱交の悦びで、色々と吹っ切れて、物事がフラットに見えていた。

「放っておくわ。多分それが安全。〈ボス〉が助けを求めるなら、どんな手段でも、絶対に私たちに伝えられるようにやる。あとは私たちがそれに応えるだけ」

「スッキリしました？」

「ええ。やはり寝るのって大事ね」

「そうですとも」

時雨は笑みを浮かべた。

☆

「スプーナー、回収完了しました」

操舵室の後ろにある船長室で、机に脚を投げ出して座っていたミカサは、部下の報告を受けた。

「中身は？」

「大丈夫です、前回と違って、パッキンはしっかりしてて、五千挺、もれなく無事です。弾薬一万発も」

「文句は言うモンだな……で、一人頭二百発か……ま、弾倉三本でイイだろ。弾込めは？」

「自動装填器で詰めますから一時間ほどで終わります」

そばに控えていた新庄がすかさず答える。

「機械文明様々だな。さて、例のヤクザのところと、クライアントから依頼のあったビルへは、もう配置は済んだのか？」

「終わっています」

「練度の低い新兵にはいい経験値稼ぎ、ってやつだな……何人殺したか、あとでボディカメラで確認しろよ。ボーナス査定に使う」

ミカサは低く笑った。

泥のような眠りを、全裸の貧相な男たちが貪る横で、足柄と〈ツネマサ〉はグラスを傾けていた。

☆

もともと、〈ツネマサ〉は足柄に多額の借金をし過ぎて、その絡みで橋本たちとも縁ができた。

そのうち〈狭霧〉の同行で何度か顔を出すうち、奇妙な付き合いが始まった。

今日もタブレット端末で世界の最新軍事情報を見ながら色々、愚痴が出て、酒の寛容さもあって、互いにうなずき合う、そんな呑気な時間が過ぎていた。

「……俺、避けられていると思うんだ」

ぽつりと、〈ツネマサ〉が言った。

両手に握りしめたグラスのなか、すっかり水に戻りつつある氷と水のない混ぜになった水面に、しょげた顔が映る。

「みんな、何か秘密を共有しているような気がする。俺にだけ教えてくれないなにかだ」

「当たり前だろ。裏社会なんてな、そんなもんさ」

「だが、心配なんだ。〈トマ〉や〈狭霧〉はいいさ。あいつらはタフだし、男だし」

だがよ、と〈ツネマサ〉はため息をついた。

「〈時雨〉さんは違うんだ。あの人は美しい。清廉でおしとやかって言うかさ……」

「おい」

呆れたような足柄の声に、「あ、すまん」と〈ツネマサ〉は我に返った。

「まぁ、とにかく最高なんだよ」

「そうか」

足柄は、ため息をついた。

「女にそんな夢見ていられるお前ェがうらやましいよ」

「お前、女には厳しいな」

「十八の時だ。ラブレターが次々きてよ、喜び勇んで指定された校舎裏に行ったら、そういう罰ゲームだった。以来、女は信用してねぇ」

「そういう女ばかりじゃないさ」

〈ツネマサ〉の言葉に、足柄は、頬を皮肉に吊り上げた。

「だから、お前みたいに夢見てる奴がうらやましいのさ」

決定的に、相容れない女性観を持っている二人の男は、そこからしばらく黙り込んだ。

「まぁ、あれだ。どんな組織にも知らせておかないことというのはあるんだな。俺たちヤクザだっておんなじようなもんだ。俺たちにはわかっていることが全然わからない奴が一人いる。逆にそいつらが知ってんのに俺は何も知らないことが必ずある。だが、それで組の中がまともに回ってるんだったら文句言う事は何一つないやね。お前の元の職場にもあっただろそういうの？　士官候補生の連中と士官とお前らぺーぺーと」

「まぁ……それはあるな」

「まぁ、話を聞けばよ、お前以外はみんなモトァ素人なんだろ？　判断基準が自衛隊のまんまのお前ェさんだとよ、話しにくいことも一つや二つも、あるってもんじゃゃ、ねえのかなあ？」

「そいつは、そうだが……俺だって仲間だ」

「なんでも知りたがろうとしなさんな。それで世の中がうまく回ってるんだったら、わざわざ時計を分解する事はねぇだろ？」

「どういう意味だ？」

「世の中にはよう、バラしちまったら、二度と元に戻らないことってのがよ、いくつかあんだよ」

「………」

「お前ェ、なんで自衛隊辞めた？」

「…………」

「尊敬してた上官殿が、汚職に手を出してたのを告訴したら逆ねじ食らわされたんだろ？　そいつの兄貴の国会議員によ」

「〈時雨〉さんたちが俺にナイショの話をしてる、ってのがそれかよ？」

「ちげーよ。お前が開けた開けちゃいけねー扉はよ、その後でギャンブルはじめたこった。しらなきゃお前、今頃は転職して、女房の一人もいたかもしれねえぞ？」

「そりゃあ……」

そもそも、足柄と知り合ったのは、そのギャンブル絡みの借金が原因である。

だが、同時にそれがなければ、〈ツネマサ〉は「ＫＵＤＡＮ」に入ることはなく……という複雑な事情もある。

「な、物事は結局よ、運否天賦(うんぷてんぷ)だわなぁ。変な運掴むなよ、これ以上」

そう言った瞬間、ドカンという爆発音が響いた。

一瞬で〈ツネマサ〉は反応し、懐からマカロフを抜きながら、それまで寝そべっていたソファの背後に入る。

「武器はあるか？」

「おうよ」

大兵肥満の足柄も、気がつけば同じ様にソファの背後に回っている。

その下にある箱を、いつもとは違い、二つ取り出して、片方を開ける。

「なんだ、そのクラシックな銃は！」

自衛隊上がりの〈ツネマサ〉が、教育課程で辛うじて目撃した、M3グリースガンを少し洒脱にしたような四角いサブマシンガンだ。

細く、長く、タクティカルサイトこそのっているが、光学照準器などを取り付けるピカティニーレールとスライド式のストックは明らかに後付けの溶接で、スラリと伸びた、今の基準では少々長すぎるバレルを覆う、放熱も兼ねたバレルジャケットに開いた穴がまん丸なのが古臭い。

「S&WのM76の近代化改修バージョンってやつだ。ベースの奴は、この前コロラドの納屋から出てきた新古品だから結構いいんだぜ」

「せめてMP5かベクターぐらいないのか！」

「あれは芸術品だ。護身用なんかに使えるか！」

わめきながら、足柄は最後にこの所、毎晩寝る前に弄んでいる長銃身リボルバーを引き抜き、ズボンのベルトに差した。

ドアが蹴破られて、防弾ベストにヘルメット、スキーマスクに身を包んだ男たちが、M

4ライフルを持って突入してくるその顔面に、足柄はM76改を放った。

9㎜パラベラムは見事に最初の一人の顔面をブチ抜き、その横に居た奴の喉笛に穴を開けた。

狭いドアである。死体が二つも転がれば充分、後続の連中の動きは停まる。

だが、それも一瞬だった。ドアの向こうから、〈ツネマサ〉には馴染みのある物体が飛んできて、薄っぺらな絨毯の床に転がる。

閃光手榴弾。派手な閃光だけではなく耳をもつんざく大音響を発して、こちらの三半規管を一時的に役立たずにしてしまう代物だ。

「！」

硬く目を閉じ、耳を塞ぐ。

ソファの陰にいてもなお、鼓膜を揺さぶる大音響と閃光が部屋の中を奔った。

ほぼ間髪を入れず次の二人が飛びこむ。

ガラスの向こうで、何が起こったのか判らず立ち上がってオロオロしていた、足柄に借金のあるSEたちが、閃光手榴弾に目と耳をやられてのたうち回っているのへ、相手が銃弾を撃ち込んだ。

何も防ぐモノのない三人の全裸の男たちは、そのままきりきり舞いを踊って地面にたたき伏せられる。

「野郎！」

足柄が怒りに燃えてＭ76改を撃ちまくるが、今度は冷静さを欠いているため、防弾ジャケットに当たり、その瞬間にさらに二人が飛びこんで足柄に照準を合わせる。

銃声が轟き、足柄の腹と胸に十数発の銃弾が撃ち込まれ、倒れた。

銃弾を撃ち尽くしてホールドオープンしたＭ76改が床に転がる。

〈ツネマサ〉は直感的にそれを拾わず、立ち上がってマカロフを連射した。

二人が顔面を撃ち抜かれ、それを盾にして、残り二人がこちらにＭ４の銃口を向ける。

マカロフとは違う、鋭くて低い銃声が連続して轟いた。

・３５７マグナムの銃声はひと連なりになって、残った二人は、〈ツネマサ〉に注意を向けていたがため、思わぬ方向から飛んできた銃弾を顎に喰らい、悲鳴を上げて倒れた。

「この野郎、俺の財産になにしやがる、死ね！　死ね！　死ね！　死ね！　死ね！　死ね！」

銃弾を受けたはずの足柄は勢いよく立ち上がると、ベルトに差していたリボルバーで倒れた二人にトドメを刺した。

さらに数回、かちかち、と引き金を引き、我に返って「あわわ」とそのリボルバーのシリンダーをスウィングアウトさせ、撃鉄の出る部分に指で触れ、その高温に悲鳴をあげた。

「おい、撃たれたんじゃないのかよ？」

「ばっかやろ、俺を誰だと思ってる？」

足柄は愛用のスリーピースのスーツの前を広げた。

「こいつはな、メキシコの麻薬カルテルの組長たち御用達の、防弾スーツよ。５・５６㎜ごとき屁でもねえ」

「へえ……」

「それよりもさっき、うっかり空撃ちなんてしちまった……このスマイソン、高かったんだぜ……撃鉄が傷んでなきゃいいんだが」

そっちのほうが今にも泣きそうだった。

「〈ツネマサ〉！　足柄！」

〈狭霧〉が、祖父代わりだった人物の形見である、三連銃身のライフルを構えながら飛びこんで来た。

こちらも肌も髪もひどく薄汚れている。

「大丈夫か……よかった……」

「おふたりともご無事ですの？」

遅れてAKを構えた〈時雨〉と〈トマ〉、そして香も入ってくる。

全員が〈狭霧〉同様、服も髪も乱れ、薄汚れている。

「そっちこそどうしたんですか？」

「事務所がやられました」

〈トマ〉がヘトヘトに疲れた顔でル・フォーショーリボルバーを腰の後ろのホルスターに納めながら説明した。

「いきなり襲ってきて、人感センサーに反応があったから、何とか対応出来ましたけど、こっちは十五人ぐらいで、なんとか逃げ出したらビルが爆破されちゃって……」

「なに？」

「やっぱりINCOなんか相手にするからですよ」

今にも〈トマ〉は泣き出しそうだ。

「もう多分、彼らに僕らのことは知られてます……これからずっと怯(おび)えて生きていくんだ……人生詰んだぁ」

「泣かないで、〈トマ〉くん」

それでも凛(りん)として、〈時雨〉は微笑んだ。

「まだ手はあるわ」

「とにかく、状況が変わったわ」

香がまっすぐ足柄を見た。

「足柄さん、多分あなたも対象……何か心当たりは、ある？」

「……くそったれ、ＩＮＣＯかよ……ああ、それなら大ありだ。おりゃあ奴の正体の尻尾(しっぽ)を摑んでるからな。正確に言や、尻尾の尻尾の、また尻尾だが」

「とにかく、ここを離れましょう。安全圏に移動したら、全部話して。私たちは多分、もう一蓮托生(いちれんたくしょう)なんだから」

香の気迫に、足柄は完全に吞まれて「お、おう」と頷いてしまった。

☆

部屋に戻ってずぶ濡れの服を着替え、そのまま寝た橋本は、翌朝、アクトとルイに事情を聞いた。

ふたりに訊ねると、あっけなく真相がわかった。

あの日、ダイバーたちが豪華客船に向かったのは、その船底に張り付いているコンテナの回収だったらしい。

コンテナ、といっても、単純な箱状ではなく、平べったい小判鮫(レモラ)のような形であるという。

電磁石で船の底に張り付いているそれを解除し、ダイバーたちが回収して持ち帰る。海中で、ワイヤーをひっかけ、それを今度はこの船に引き上げて中身を開封するのだと言う。

「よくバレないもんだな」

「アメリカの軍事会社が作った、ステルス性塗料を塗っているから、目視じゃなければわからないって言われました」

ルイは、そう答えた。

表向きは、豪華客船は国内に近づく時にエンジンの調子が悪くなり、この船の動力担当に話をし、彼らが船に向かい、修理を手伝った。その間船は速度を落とし両者は数百メートルの距離をとって維持しつつ、海の神を讃えあった、ということになっているそうだ。

これが外洋であれば問題だろうが、内海で、しかも、扱いの難しい中東の外国船籍を持つ豪華客船ともなれば、国際問題にもなりかねないから、たとえ気づいていても、海自も海保も手出しはできない。

「それ以前に、そういう人たちが絶対に来ない日を選んでやってますから」

と言ったのはアクトだ。

「これを始めた時に、ミカサさんから聞きましたけど、今回のクライアントはとても用意周到な人で、すべてのお役所の警備スケジュールを把握してるんだそうです。おかげで安全に仕事ができるって喜んでます」

(クライアントがいるのか……しかしそういうことだと、政府の中にパイプを持っている、国会議員か何かか?)

「これで、中が揃いましたね」

不意に、ルイがそんなことを言ったので橋本は首をかしげた。

「どういうことだ」

「昨日の荷物の中が全部、M4アサルトライフルと弾薬なんです」

「あと、C4もあったよね! あと、防弾ベスト! 久々に観ちゃった、あれきっと僕らもだよね」

「そうね、七十人分あったもの」

ルイの表情は硬い。

アクトと違い、ルイは防弾ベストの意味を、それなりに理解しているようだ。

つまりそれは、防弾ベストを着て、銃弾にさらされる危険性がある仕事がこれから待っている、ということに他ならない。

「後は、全員分のダミーカートがあるかどうかだな。まぁなければ、空砲と金属棒で作ればいいだけの話だが……」

橋本は「コーハク」とM4を併用するのだと考えていた。

この程度の途中の仕様変更はミカサならやるだろう。

白川の所へ行けば、「コーハク」の銃弾にする前の材料が手に入るから、あとは最低一人一発分のダミーカートを作って貰えばいい。

この所「コーハク」の生産量は、職人たちが慣れてきたせいか、うなぎ登りで、生産制限をかける、という話もあった。

そんなことを言いながら、橋本は今聞いただけの材料が一体何のために使われるのかを、頭の中を回転させて推測を始めていた。

「とにかく、今日からは、走るのは半分にしろ。筋力トレーニングは、そのままで良い。ランニングが減って、空いた時間を使って銃の扱いを教える。お前たちにできるか？」

「海外でやってた、二回ほど人も撃ったよ！」

「ある程度なら使えます」

ここまでは予想通りの答えだったが、

「みんな、これまで二、三回なら撃ったことがあるはずだから、きっと訓練、楽だよ」

とアクトが満面の笑みを浮かべる。

「おい、聞いてないぞ？」

ミカサの話では「銃器の類いは触ったこともないド素人の訓練をする」筈だ。

「聞いてないんですか？」

「ああ」

橋本が頷いた次の瞬間、ドアが蹴り破られた。

完全武装したミサカの部下たちが踏み込んでくる。

その時、橋本はこれが「仕様変更」ではない、と気がついた。状況自体が変化している。

素早く椅子から立ち上がり、臨戦態勢を取ろうとする橋本の背中で、撃鉄が上がる音が響く。

「警告は、したぞ」

新庄の声だった。

声からすると銃口までの距離は二メートル以上、そして新庄の側にも人の気配と殺意がこちらに結ばれているのを感じる。

ゆっくり両手を挙げると、たちまちのうちに抑え込まれた。

「少し、話を聞かせて貰う」

橋本の首筋に注射器が突き立てられた。

第七章　自白死闘

☆

深く、深く、自分が沈んでいくのが判る。

手足が重い。胸が苦しい。

耳から、鼻から、漏斗を使って頭の中に大量の砂が流しこまれ、ギチギチと、脳の皺一本一本に入り込んで、血管の中に紛れ込んで、脳の中にある歯車に食い込み、回転を止めていく。

絶え間なく、殴られた。

胸に溢れるのは自己嫌悪と後悔。

俺は最低だ、俺は最低だ、俺は最低だ。

誰かがずっとささやく。いや自分が呟いている。

これまでの、人生の失敗が一気に脳から溢れてきて、橋本を押し流す。

三歳の時に、祖父から貰った玩具を転んだ拍子に道ばたに放り出してしまい、車に轢かれて大泣きしたことから始まり、ロシア――当時はソビエト連邦だった――にいって、その警備員と仲良くなったのに、叔父に利用されて、その警備員は政府によって何処かに「飛ばされ」たと知った時のこと、学校での些細な失敗、言い間違い、テストの点数の悪さ、努力しようとしたこと、親に、他人に、友人に虫の居所が悪くて辛く当たったこと、そして別れた妻との恋人時代の失敗、無神経な言葉、約束破り、結婚生活における様々なトラブル――、間違いなく冷静に見れば橋本が悪いというものではないものまで、すべては自分がいるから発生したのだと、橋本は受け止めていた。

瞳孔が見開かれ、目の前の窓から差し込む陽射しの向こう、広がる海から波の音のフリをした、橋本への罵倒が押し寄せる。

警官になった時、初めての交番勤務で怒鳴られたこと、不満顔の上司、友人だった有野が税務署に入って、一時的に人が変わってしまったこと、その娘が死んで、世捨人同様になったこと、彼の娘を殺した犯人がロシアのＦＳＢの非合法工作員で、外圧に負けて本国への受け渡しの際、どうしても許せなくて射殺してしまったこと、そのことを結局、言わぬままに有野を死なせてしまったこと。

ああ、言うべきだった。せめてこの仕事に引き込んだ後に、そっと「敵は取った」と言うべきだった。娘を殺した犯人に然るべき報いが受けられていないと思い込んでいたばかりに、きっと有野は……。

撲殺され、頭を潰された有野の死体が、橋本の頭の中に現れて彼を責め立てる。

殴られる痛みはむしろ救いだった。

「ああ、そうなんだ、俺は最低な奴なんだ」

「どう最低な奴なんだ？」

誰かが囁く、

だれだろう、でもどうでもいい。

俺は最低で、最悪の屑だ。公安警察官で、今は法律に触れることを平気でやって、人も大量に殺している。女も犯した、買った、抱いた。そして殺してもいる。人を見殺しにした、仲間も見殺しにした、人を騙した。そして最近では人を騙して、組織の中に潜りこみ、そこでも子供のような二人の姉弟を騙し、味方につけようと画策し……。

橋本は全てを話していた。

頭の片隅で、理性が「これは薬によるモノだ、抵抗しろ」とか細い声で叫んでいたが、増幅された胸に押し寄せる絶望感と自己嫌悪の前に、その精神の砦は破綻していた。

問われるまま、全てを話す。

☆

殴打で顔面を腫れ上がらせ、両手両脚をコードストラップで椅子に固定された橋本が、全てを話し終えて涎を口から垂らすのを見ながら、ルイとアクトは呆然とした顔になった。

「すまない」と橋本は虚空に向かって呟き続けている。

「まあ、こいつは公安に雇われたスパイってことだな……お前たちのお陰で上手く利用できた」

いいながら、全てを録音したスティック状のMP3録音機をミカサは、着替えたタクティカルベストのポケットに納めた。

「今すぐ送信したほうが」

影のように寄り添う新庄の言葉に、

「あの方は慎重だ。これから二十四時間は一切の連絡を禁止してる」

と答え、ミカサは姉弟に振り向いた。

「そういうわけだ。結局、お前等にとって、頼れる家族は僕たちだけなんだよ、忘れるな」

口元だけでミカサは笑みを作った。

「……はい」

ルイが頷き、アクトもこくんと頷いた。

「こいつと候補生たちを連れていく、飯を食ったら準備をしろ」

ミカサは外へ出た。

「準備は？」

「出来ています」

新庄が答える。

二人は歩き出す。

「これで安心して引退できるよ」

「いささか所帯が大きくなりましたからね、今回の事はいいきっかけです」

「ヤクザのほうは全員返り討ち、というのは惜しいが……」

「今夜が終われば追撃を出します」

「当然だ……慈善事業が終わったと思ったら、残業つきになるとは思わなかったが」

「申し訳ありません」

「仕方ない。何しろ南部の自警団上がりの連中だ。デモ活動してる無手の奴らを撃ったことしかないんだ。武装して反撃してくる人間相手には弱かろうよ」

「とにかく、ほとんどの情報が外に漏れていなかったのは幸いでした」

「どうかな?」

ミカサは唇を曲げた。

「私はスコポラミンの時代からこの手の薬と拷問を知ってるが、どうしても最後まで本当の秘密を隠す奴はいるよ」

「人工鬱誘発剤はお気に召しませんか?」

「薬は薬だ。六割、八割は隠してることを喋らせるが、強制力には限界がある……これは道具としての限界だね。九割喋らせたとしても、一割残る。そこが怖い」

「判りました……あの姉弟を利用しましょう」

「任せるよ」

☆

アクトとルイは、愕然とした表情で床に座り込み、互いに視線を合わせず俯いていた。

会話はない。

ミカサたちは橋本を充分に殴りつける姿と、彼がしゃべり出す全ての内容を二人に聞かせていた。

会話はない。言葉もない。

ただ、何も言わずふたりは俯いていた。

「はい、どうもどうもどうも」

そう言って、あのどこかで見た記憶のある、面長の、人のよさげな男が、いつものプレートに料理を山盛りにして持ってきた。

「はい、お食事持って参りましたよ……、あれあれ？　お呼びじゃなかったですかね？」

白川の後ろによくくっついている植木と言う男だ。

ノロノロと顔を上げる二人に、いつも気弱な、人の機嫌を探るような、卑屈な笑みを浮かべている職工は、にっこりと自信に満ちた満面の笑みを向けた。

「腹が減ってると、ますます落ち込みますよ？」

☆

昼過ぎから、新宿西口方面は、緊張の中にあった。

そこかしこに、顔を完全に覆う形の、ドーム型バイザーをつけた警察官が増え、マスク姿のマスコミが路上に、三脚を固定したり、踏み台を作るための脚立等を持ち込み、人々は皆、足早に行き交う。

その中を、政府に対するデモのプラカードを掲げる人と、そのデモを抑え込もうとするカウンターデモを呼びかけるプラカードを抱えた人が混じる。両者はすれ違っても目を合わせようともせず、互いの存在を道に落ちている紙屑のように無視しあった。

空は、昼過ぎからどんよりと曇り始め、十一月の初めの東京にしてはひどく寒さが厳しくなることを誰もが予想しあった。

街頭の液晶モニターは、今夜は雪が降るかもしれないと字幕付きで、天気予報を鳴らし、まだかろうじてそこかしこに残っている電光掲示板も、同じような内容の情報を流し続けた。

威圧感を薄めようと、元からのシルバー塗装の上に、意見を主張したポスターを貼り付けた街宣車が、自分の意見に反対する連中を嘲笑うつもりなのか、軽快ながら耳に粘りつくような歌い方が印象的な「２４０００のキッス」を流しながら靖国通りを走っていく。

デモと、カウンターデモが始まるまで、あと数時間。

☆

橋本は、気がつくと拘束を解かれ、廊下を移動していた。

まだ意識はぼんやりとしていて、のろのろと、首をめぐらせると、ルイとアクトが自分の両脇を支えていることを確認した。

頭の中に砂が詰め込まれているようで、言葉が組み立てられない。

そのまま二人は、橋本を引きずるようにして、廊下を行く。

まだ船内らしい。

防塵塗装の匂いと、潮の匂い、ディーゼルオイルの匂いと、鉄板の壁と床、そしてどこからともなく響いてくるエンジン音。

二人は、どうやら橋本を甲板まで連れて行くつもりのようだった。

船内は、どういうわけだか、いつもよりも人が少なく、橋本たちは誰ともすれ違うことなく、甲板に出そうになった。

「待て」

通り過ぎたドアの一つが開いて、中から白川が出てきた。

「そいつを、殺させはしない」

手には、五連発のリボルバーが握られている。

「あんた……」

「黙れ」

白川は有無を言わせず、リボルバーの撃鉄を上げた。

「それ以上何か言えば撃つ。今日はもう、この船の中にミカサの仲間はほとんど残ってねぇからな」

押し黙る姉弟から、橋本を奪って肩に担ぐと、白川は油断なく銃口を二人に向けながら、

「その中に入れ」

と促した。二人が中に入ると、白川は、引き戸のドアの取っ手を、腰の後ろに差していた鉄パイプで固定した。

「助けに来たぜ相棒。既に察してたと思うが、俺の正体はこれだよ」

そう言って橋本の目の前で白川は手にしたリボルバーを示してみせた。

五連発。独特のフレームの形状は、間違いなく警視庁が使用しているニューナンブサクラである。

白川はそのまま駆け足で甲板を横切り、舷側に固定されていた、緊急避難用のエンジン付きボートに橋本をのせ、自分も中に入ると、そのまま固定していたジャッキのレバーを

突き飛ばすようにして倒した。巻き上げられていたワイヤーが回転し、船が海面に降りていく。

舳先と船尾にあるワイヤーの固定金具を外し、モーターエンジンを引っ張って始動させると、ようやくその頃になって甲板が騒がしくなった。

ボートは、そのまま勢いをつけて、走り出す。

「で、どこへ行く?」

白川が訊ねてきた。

「どういう意味だ」

橋本が訊ね返すと、白川は笑った。

「後から入ってきたお前さんのほうの連絡先が、優先的だろう。そこまで送ってやる。俺も指定された所に移動する。その事は上に伝えといてくれ」

「なるほどな」

橋本は上半身を起こしつつ、上着のポケットに突っ込まれていた「コーハク」を引き抜いた。

「あの姉弟か」

橋本は頷いた。

「どういうわけか、俺のポケットに押し込んでくれたらしい。後で礼をいいに行かなきゃならんが」

「誤解するな、俺は味方だ」

腰の後ろに手を回し、リボルバーを握り締めたまま、白川は次第に冷や汗を浮かべて説得にかかった。

「その銃を見せなかったら、多分信用した」

橋本は、船の前にかぶせられたままのシートに包まれた非常用食料などの救援物資にもたれかかりながら、銃口を白川の喉元に定める。

「悪いが、公安はともかく、『ゼロ』は万が一の時に備えて、絶対にサクラを使わない」

理由は、万が一にも弾丸が回収されることを恐れるためだ。

警察庁内の、秘密組織である以上、警察内で事件そのものをもみ消す事はあっても、物証を消す事は難しいからである。

「それに、そいつも金属用の3Dプリンターで打ち出したのか？　積層痕が残ってるぞ」

白川の表情は変わらなかったが、リボルバーを握り締めた右手はびくんと動いた。

「俺ひとりを騙すために、わざわざご苦労様なことだが」

「そうでもないさ」

白川は、これ以上芝居ができないと悟ったのか、ふてぶてしい表情になってにたりと笑った。

「これで、最初の県警のやつは信じ込んだ」

「二人目は？」

「俺と同じ特徴、ってんですぐにわかったよ。何かを掴んで逃げだそうとしたんで、コイツで殺った。弾を抉り出して魚の餌よ」

そう言った時の白川の表情に、色情にも似た愉悦が浮かぶのを、橋本は見逃さなかった。

こいつは、人殺しに愉悦を見出すタイプの人間らしい。

「……にしてもよ、アホだなあんた。『コーハク』の引き金の重さは五キロもあるんだ。まだ薬が抜けてないあんたに、引き金が引けるかよ。そもそも、安全装置のロクにないそいつの薬室に弾を入れるほど、あの姉弟はマヌケじゃあるまいによ」

言い終えた次の瞬間、サクラの銃口が橋本に向けて火を噴いた。

右腕の前腕部分に銃弾を受けて、その拍子におちた「コーハク」がボートの底で跳ね返り、海中へと飛んで落ちた。

前腕部分の肉が指二本分ほど抉られ、飛んで、鮮血がボートからしたたり落ちる。

けけけ、と喉の奥で奇態な笑い声を立てながら、自称・白川は橋本の方へとにじり寄りつつ、作業ズボンのポケットから大振りのジャックナイフを取り出して、ボタンを押した。殺しを楽しむタイプ……それも刃物が好きらしい。

拷問と薬に加え、銃弾による負傷で朦朧とする橋本に、抵抗の余地はもうない。

乾いた銃声が響いた。

M4アサルトライフルの銃声は、海の上にあっさりと拡散する。

空薬莢の転がる音に重なって、十発以上の弾丸を喰らい、顎まで吹き飛ばされた自称・白川は、呆然と橋本の隣を見つめた。

「だから言ったでしょう、親方。口は災いの元だ、って」

いつも白川の横に張り付いていた、植木だ。

いまは気弱そうな笑みはなく、無表情そのもの……素に返ったときの、公安の捜査官そのものの顔だ。

「これでスッキリする」

さらに残りの銃弾を受けて、自称・白川はよろめいてボートから海へと転落した。

「感謝してくれよ『ウシ』さん」

いいながら救援用の荷物の中から包帯とガーゼを取り出し、橋本の傷を圧迫止血する。

「あんたが本物の『ゼロ』だったのか……」

「まあね」

「指、あるじゃないか。指を切ったって話自体が嘘だったのか」

「くっつけたんだ。今の医療技術ってな、すごいねえ。針金で切り落とした後、氷と塩で指保存して持ってってったら元通りだ」

植木……本物の白川は、そう言ってケラケラ笑って手を振った。

「指のない公安捜査官、ってのは特徴的だからね。情報漏洩のチェックのために、そうしてたのさ」

よく見れば、本物の白川の二本の指の真ん中には確かに手術痕らしい線があった。

「あの二人のことが気にかかるだろうが、なまじ今戻るとお前さんも死ぬし、あの二人も助からない。このままちょっと逃げさせてもらうぞ。俺にも報告ってものがあるんでな」

そう言うと、白川はボートのエンジンを再始動させた。

その時彼方の方から、別のモーターのエンジン音がして、やがてこちらへ向けて銃弾が飛んでくる。

「畜生め、あの馬鹿野郎。お前さんの口から、栗原(くりはら)警視監のことまで吐かせたら、さっさと回収させるつもりでやがったな。ちょっと飛ばすぞ」

「ここは、どこなんだ」

橋本が訊ねると、

「山崎鼻のあたりだよ。突っ切って須崎までいく」

そう言って、白川はエンジンのアクセルを開けた。

船は曇天の夕暮れの空の下、波を蹴立てて、速度を上げて、高知の山崎鼻灯台へ向かって突き進む。

☆

日が暮れる前には、新宿駅東口、かつてのライオンひろばの周辺には、政府の施策に反対するデモ隊が三々五々に集まり始めた。

プラカードを掲げ、政治家への批判を封印するのは独裁国家、軍事国家への道であると、主催者側のリーダーである女子大生が叫び、それに対して群衆のほとんどが、冷ややかな視線を向けて足早に立ち去り、参加者が歓声を上げる。

付近を警備する警官の数が増え、パトカーと、機動隊が見守る中その数はどんどん膨れ上がっていく。

同じ頃西口の方には、そのデモ隊にさらに反対するカウンターデモ集団が続々と集まり始めていた。こちらはバスから降りてくるものも多い。

やがて、街宣車が停まり、その上で、小太りかつメガネの男が登壇し演説を始めた。

最近SNS界隈で有名になった、ネット右翼のカリスマリーダーである。

彼の登場に、観衆が沸き、手に手にスマホをかざして、一生懸命にやっている政府に対し、文句を言う存在は反日でありテロリストであり、共産主義の手先である、と高らかに告発した。

観衆の中でも中高年者はカリスマリーダーの勇姿を撮影し、SNSにアップし始めた。

こちらも、同じように警官隊が囲み、覆面パトカーを繰り出して状況を見守っている。

警察にとってはどちらも守るべき対象であり、どちらも注意すべき対象であった。

東西どちらの上にも、等しく冬の風が吹き込み、その頭上を、白い雪片が舞い落ちていく。

デモが開始されるまであと三時間。

☆

ルイとアクトの首の後ろで、金属同士がかみ合う音がした。

埃（ほこり）っぽい、揺れない地面に突き飛ばされる。

冷たい十一月の空気の中、絨毯から埃が舞った。

ここは船ではない。

大久保通りまでもう少し、というところにある、取り壊し予定の空きビルの最上階。

ついひと月前、中に入っていた商事会社が突如倒産し、脱税も発覚。

中に置き去りにされた机、PCなどの備品、事務用品も含め、その全てに、税務署による「差し押さえ」の赤紙が張られている。

突如として職を失った社員たちの阿鼻叫喚(あびきょうかん)が溢れていた玄関先も、二週間ほど前からは人気(ひとけ)が消えている。

警備員は一昨日(おととい)、突如警備会社が契約を打ち切られたため、引き揚げてここは無人のまだ。

中に潜りこんでここを宿にしようとした、元社員の路上生活者が二人ほど、首の骨を折られ、冷たくなって部屋の隅に転がっている。

監視カメラで、二人が橋本のポケットの中に、「コーハク」を押し込むのを確認したミカサは、即座に二人を拘束しここまで連れて来させたのである。

「ああ、まったく……哀しいねえ」

二人を見下ろしながら、社長の椅子に座って、ミカサは戦闘服の袖を捲(まく)り上げ、ゴム管で縛って浮かせた静脈に独自ブレンドの「栄養剤」を注射しながら、嘆いてみせた。

「僕はね、君たちに期待していたんだよ？」

注射器のピストンを下げながら、それまで滅多に感情を見せなかったミカサの瞳に、みるみる喜悦の光が宿っていく。

絨毯に顔を押し付けながら、姉弟は目の前の男を見上げた。

後ろ手に縛られている上に、首にさっきはめられたものは、C4爆弾の詰まった首輪で、その爆発タイミングのコントロールは、ミカサの戦闘服の胸ポケットに納まったリモコン装置にある。

おまけに二人のそばには、新庄とその部下たちが、M4ライフルや防弾ベストなどで完全武装し、ずらりと並んでいた。

「どうするつもり？」

ルイが吐き捨てるように訊ねると、ミカサは満面の笑みを浮かべた。

薬物が効いてきたのか、目の光は異常なものになり、毛穴が開いて、噴き出した体液が、顔をヌルヌルと光らせていく。

「アフリカでは、イギリス貴族はどうやって狐狩りを楽しんだと思う？」

ミカサは唐突におかしなことを言い始めた。

「答えは、黒人奴隷の足首に肉を縛り付けて、その匂いを犬に追いかけさせて、狐狩りと称したんだ。連中にとっては、馬を走らせて、犬をけしかけて、最後に銃が撃てればそれは狐狩りなのさ。実に本質論的なものだね！」

そう言ってミカサはけたたましい笑い声を上げた。

こういう状態になったミカサを見るのは、ルイたちは初めてではない。

アフリカで、オセアニアで、そして時に東欧の小さな国で、この男はこういう状態になって、そして大量殺戮を楽しむ。

「つまり、君たちの足首に肉は縛り付けないが、首には時限爆弾をつける。そして逃してやる。このリモコンの有効範囲は二キロ。三十分以内にその範囲から出れば勝ちだ。で、これとは別に、お前たちのつけている防弾ベストに仕込んだセンサーと連動した、首輪というやつを用意した。今、お前たちと一緒に学んだ生徒が首につけている。お前たちを、撃ったやつは優先的に首輪が解除される。そうしたら、奴らのベストの裏側には、現金で三百万、入ってる。それを持って逃げろという話になるわけだ。今頃、みんな説明を受けているはずだ。で、僕たちは、君らが、追いかけられて狩られる姿を見て高笑いをすると言う寸法だ。ちなみに、君らを追いかける側は、口にガムテープをして、首からスピーカーホンを下げてもらう。まぁ首から下げるものはMP3プレイヤーだから、あらかじめ録音してあったとあるデモ隊に対する双方への非難と罵詈雑言を口にしながら突っ込んでいくように見える。楽しいだろう？　裏切り者の始末と、二つのデモ隊同士の戦争を同時に仕掛けようって考え方だ、ユーチューブでなくてもいけると思うぜ？」

そう言ってケタケタとミカサは笑い声を上げた。

「最後は、僕らが打って出る。警察は多分八割がたするだろうからそいつらを皆殺しにする。このご時世だ全ては実況される。そうなるとどうなると思う？　絶対模倣犯が出る。模倣犯が模倣犯を生んで、それが一週間も続けば、とても愉快なことになると思うよ？」

「イカレてる」

「人を殺したことがある君たちが、そんなこと言うのはおかしいんじゃないか？　いいじゃないか、こんな国。どうせ腐って落ちる。中国に飲み込まれるか、アメリカの言いなりになって経済が破綻してスラムになるか、二択しかない国なんだぜ、ここは？　だったら僕らが楽しんでもいいじゃないか！」

高らかに宣言し、ミカサはスイッチを入れた。

「走れ！　走れ犬ども！」

「いやよ」

そう言って、ルイはその場に座り込んだ。

「そうか」

ミカサが、身を翻して机を飛び越して二人の前に降り立った。

乾いた音がして、ルイの細い腹に、深々とコンバットナイフがつき立てられた。

「姉さん！」

アクトが叫ぶ。

「ほら、急いで姉さんを病院に運んでやれ。ビルの外に出て、さっさと救急車を呼ぶが良い。いや、ここは新宿だ。下手に救急車なんか呼ぶより直接連れて行け。ここからまっすぐ三〇〇メートルほど行けば、大きな病院がある。だがもうカウントダウン始まってるぞ、ちなみに……僕は優しいから、ちょっと君に時間をやろう……今ちょっと操作するな。あー、間違えちまった。あと二〇分しかないぞ？」

「殺してやる！」

「お前の方を刺さなかったんだから、まだ生存率は高いと思うぞ？」

ミカサはケラケラと笑った。

「僕はプロだ。即死しないように、ちゃんと手加減してナイフを刺してある。引き抜くなよ？　前にも教えたと思うが、こういう時に、引き抜いた途端に大出血で死ぬからな？後はわかるな？　まぁ、急いで行けよ。エレベーターが使えないからな」

視線で人が殺せるなら、アクトは千回はミカサを殺していただろう。

「だめ……こいつの思い通りになっちゃだめ」

「姉さん！　もうしゃべらないで、僕頑張るよ、がんばるから！」

　アクトは、姉を両腕に抱えて立ち上がった。急いで走り出す。

「ところで我々の犬どもはどうします？」

　新庄の問いに、ミカサはあっさりと、

「何も変更はない。ただ、奴が出て五分後に始めればいいだけのことだ」

「あんなに足の遅い狐はすぐに撃たれてしまうのでは」

「狐に求められる事は、逃げることとさ。それに、必死の人間は奇跡を起こすって言うじゃないか」

「了解です。しかし、なんで新宿なんです？　国会前か、渋谷の方が、かなり派手になると思いますが」

「まぁ、ここで僕の人生は始まったからね。十八の時、歌舞伎町で、ヤクザが中国人マフィアの首を匕首で刺すのを見たんだ。その頃、僕はこの辺の高校に通っててさ、普通に大学に行くもんだと思ってた。でも、あの時マフィアが首から血を噴き出す姿を見て、人生が変わったね。嫌な奴を殺していいんだ、とあの時に気がついたんだ。だから、アメリカに渡って、軍隊に入った」

「始まりの場所で、全て終わらせる、ですか。いつになくノスタルジックというか、メランコリックな話ですね」

「いいじゃないか僕はもうそろそろ七十なんだからさ、そーゆー湿っぽいものにしたっていいじゃない。それに、あの方も同意だから、問題は何もないさ」

「しかし、公安は、我々が予測した通りに遅れてくるでしょうか？」

「まぁなんだかんだ言っても日本の役所だからね。手続きだの稟議だのいろいろ通さなきゃいけないさ。そんなものを飛び越してくる連中は、ここまで来られないよ。何しろことが大きすぎる」

ミカサは笑いながら、机の上に置いてあった、ヘッドセットを手に取って、スイッチを入れた。

「狐は出て行ったか？」

『はい、今、玄関を出ました』

一階にいる部下が報告する。

『予定と違うのですが、中止命令もなかったので行かせました』

「正しい。予定より二分プラスして、犬どもを解き放て」

『了解』

「さて、あと十分か」

ミカサは感慨深げに窓の外を見た。

闇の中、街の灯りに照らされて、雪の欠片(かけら)が舞いながら落ちていく。

☆

「デモ参加者の中に銃を隠し持っている者たちがいる」

その通報が警視庁にあり、急遽(きゅうきょ)、デモ参加者に対し、金属探知機を使ったチェックを行うかどうかで現場が荒れた。

何しろ、どちらのデモも数百人規模になっている。

そして、どちらのデモの主催者も、検査を渋々ながら受け入れることにしたが、参加者の中に双方から、同じように、それを拒絶する者たちが現れた。

デモ参加者同士で言い争いになり、挙げ句つかみ合いの喧嘩(けんか)になりかけて、渋々ながら警察が介入。

そこから逃げようとした数名を職質すると、彼らは逃亡をはかった。

取り押さえるのは当然だった。

そして、双方の参加者の、懐の中から数挺の「コーハク」が、出てきた。

政府に対するデモに参加している六十代の男性のベルトに挟まれて、三十代のOLのバッグの中から、カウンターデモに参加する四十代のサラリーマンの背広の内側から、十代の若者の持っていたバックパックの中から。

「銃だ！」

マスコミが群がり、フラッシュを明滅させ、さらに周囲にいた群衆も、スマホのカメラを向けて、取り押さえた警官が高々と掲げる、まっ白な違法銃器を撮影しSNSへと拡散させていった。

それは当然のごとく、双方の参加者の間にも知れわたり、互いに、指をさしあって「卑怯者」「人殺し」と、マスク越しに、向けられたマスコミのカメラに向かって叫び合う。

デモ参加者は、BLM運動の活動家たちの様子をコピーして、カウンターデモ参加者は、BLM運動家たちを攻撃する白人自警団を意識して、身振り手振りを大袈裟に、シュプレヒコールを上げる。

一ブロック以上離れた、西口と東口に分かれていなければ、即両者は衝突していたに違いない。

だが、どちらの側もスマホの小さな画面越しに、互いの「敵」を認識し、それがいかに悪辣（あくらつ）で、邪悪で、恐ろしい存在なのかを周囲に訴えるべく指を動かし、悪口雑言の応酬を始めた。

やがて、へたくそなラップを使って、双方を「ディスる」輩が自撮りを始め、さらにそれに「へたくそ」と罵る通行人が出て、殴り合い寸前に行くのをまた警察が止めねばならないという混沌が生まれ始めていた。

混沌は恐怖をはぐくみ、ゆっくりと膨らんでいく。

デモの主催者たちが、額を寄せあってデモ自体の中止を相談し始めていたが、集団となった人間は、一定の混沌の中、それでも「目的」のために動き出してしまう。

ブラックブロック……デモを隠れ蓑にして犯罪と暴動を起こす連中に憧れた存在は、どこにでもいる。

いつしか、双方のデモの先頭がゆっくりと動き出し靖国通りを目指して歩き始める。

警備の警察車両の中で緊迫したやりとりと叱責と、命令が走り回り、機動隊は緊張して盾の取っ手を握り締めた。

外神田、東京メトロ銀座線、末広町駅近く。

駅の入り口を見下ろす位置にある商業ビルの最上階で、二十四時間常につけっぱなしのパソコンから警告音がした。

部屋の中はそのパソコンデスク周り以外は本棚と、ガラス張りのコレクションケースが、突っ張り棒や免震マット、さらには床に設置する横揺れ対策のスライド式床を含め、過剰なほどの耐震対策を施されずらりと並んでいる。コレクションケースの中身は有名カードゲームのレアカードがずらりと並び、本棚には九〇年代のカードゲームブーム時代から出ているムック本の類(たぐ)いが納められていた。

ケース内は湿度が管理され、赤外線や接触型の警報装置が作動中。

この階のケースと本棚の中身だけで、数億円の価値があるから、これは当然だ。

たった一人でこの屋上階を占有している人物は、奥に置かれた数百万円するベッドから、慌てふためいて飛び起き、一台だけ回線もアカウントも業者も違うPCへと駆け寄った。

幼さの残る十代後半の少女だ……制服を着ければまだ現役の高校生で通るだろう。

「始まるよ(Start notice)」の文字がモニターに映る。

映る風景は新宿だ。画面が左右に分割されていて、東口の元ライオンひろばと、西口の大ガード下。映っているのは主張の異なるデモ隊。

下にはカウントダウンされていく四桁の数字。これがゼロになると、今回の内容が判る。

このPCは、ダークウェブ専属で繋(つな)げられている。

「へえ。ホントに始まるんだ？」

小さなヤマネコを思わせる顔立ちをした部屋の主は、舌なめずりするようにして、机の上に置かれていた古い無線機を取り、スイッチを入れた。

「ハローＣＱ、ハローＣＱ、ハローＣＱ。こちらはコールサイン、アルファ・キロ・ブラボー・アルファ・ゼロ・ゼロ……」

とコールサインを三回繰り返したが、アマチュア無線のルールに逆らって、自分の居場所は告げない。

「お聞きの方いらっしゃいましたら、ＱＳＯお願いします。受信します、どうぞ」

通常、ルールを無視すると誰も応じないが、今回は違った。

同じ様なコールサインを向ける者が出てきたのだ。

相手は打ち合わせ通りのコールサインを送り、「どうぞ」とこちらからの話しかけを待つ。

「オロシャが来た、くり返す、オロシャが来た」

それだけを繰り返し、向こうが復唱すると少女は無線機のスイッチを切った。

「さて、これでホントにおねーさまに会わせてくれるんでしょうね、ＦＵＣＫＭＥＢＯＹ（ファックミーボーイ）？」

言いながら、少女はデジタルカメラをダークウェブの新しいイベントを予告し始めた液晶モニターに向けた。

少女はアダルト動画サイトの女装アカウント、ＦＵＣＫＭＥＢＯＹ４１８８（ファック・ミー・ボーイ・ヨンイチハチハチ）、なかでも特に最近加わるようになったロングヘアの美人の熱烈なファンであった。

その当人から、ロングヘア美人を紹介するからダークウェブの画面キャプチャーを配信してくれ、と頼まれて、この面倒くさい仕掛けを思いついた。

このデジカメは通常のＷｉ－Ｆｉではなく、ＶＨＦ帯の無線回線を使ったテレビ中継用のシステムが接続されており、ＦＵＣＫＭＥＢＯＹ４１８８のところへ送られる。

ＩＮＣＯ（インコ）の行うウェブ中継サイトを見張り、動きがあれば送信する……ただし、ウェブを使っての注意喚起は出来ないので、アナログ無線を使って第三者を中継してＦＵＣＫＭＥＢＯＹ４１８８へと送信される。

ダークウェブの様子をモニタリングするには、直接手を汚す以外、ほぼ不可能だが、ここまでやれば一回だけなら何とかなるだろう、という考えで作られた、アナログとデジタルの折衷案（せっちゅうあん）だ。

画面の中のカウントがゼロになり、今回のイベントの内容と賭けの対象が表示された。

「新宿におけるデモで銃撃戦は起こるか＆その人数は何人か？」

YES・NOと0から30までの数字と、「それ以上」と書かれた枠が画面に提示され、そこにみるみるクリックが為されて倍率が変化していく。

「おもしろそー……あたしもやろーかなぁ？」

ひどく黒い笑みを、少女は浮かべた。

☆

アクトは走った。

新宿の土地勘なんかない。だから、言われたとおりに走った。ルイはまだぶつぶつと何かを言い続けているようだったが、むしろこの状況では「生きている」ことの証明だ。

話を聞く余裕は、アクトにはない。

姉の血が滴る。

人々が、二人にスマホのカメラを向けるが、誰も、助けてはくれない。

そんなこと当たり前だった。これまでの人生、この国にいた時も、余所の国にいた時も、ふたりを助けてくれる見ず知らずの存在は、なかった。

「助けて、橋本さん」

不意に、姉の声が耳に届いた。

ひょっとしたら、自分が口にしていたのかも知れない。

いや、あの男だって、潜入捜査のために僕たちを利用したんだ。

第一、逃げてしまって、もう戻ってくるはずがない。

あの公安の男に、頼まれて……そして、あの〈時雨(しぐれ)〉さんとかいう女の人を紹介して貰えたし、他にも姉との関係がややこしくならずに済んだから、借りがあるから、逃がしてやったけど、助けに来られるような身体(からだ)じゃなかった。

薬が抜けても、しばらくは動けないとミカサが言ってたじゃないか。

理性がそう囁くが、同時に違うと思う自分もいる。

いや、違うのではなく。

来て欲しい。助けて欲しい。

物心ついてから、これまでいちども、姉以外の誰かに助けを求めた事はなかった。

どんなに殴られても蹴られても、死にそうな目にあっても、人を殺しても、殺すように命令されても、助けを求めるのは姉一人だった。

そして、姉が「だめだよ」と告げれば、それはあきらめねばならないことだった。

その姉が死にかけている。

この先の大通りが「靖国通り」だと表示した看板が過ぎる。背後で銃声がした。

一瞬後ろを振り向くと、泣きそうな顔をしている、昨日までの仲間たち、生徒たちが、自分を追ってきているのをアクトは見た。

銃声が連続する。

追いかける方も必死である。自然に走りながらの射撃になった。

アサルトライフルとは言え、走りながらの射撃に命中率は期待できない。

弾はアクトに当たらず、周囲の通行人を次々と撃ち抜いた。

弾丸が当たると、人間は映画のように吹き飛ぶことはない。

その場でぐずぐずと倒れてしまうだけなので、ほとんどの人間が何が起こったのかわからず、単に映画のロケが始まったのだと勘違いした。

流れ弾が、窓ガラスを叩き割り、アスファルトに火花を散らし、まだかろうじて残っている電柱にあたって砕け、スマホを撃ち抜き、それを持っている人間の腕を撃ち抜いて鮮血がほとばしるのを見て、ようやっと数名が、何が起こったのかがわかって悲鳴をあげ、悲鳴が連鎖していく形で、人々は現実には起こり得ない何か恐ろしいことが起こっていることだけを察知して騒ぎ始めた。

その先頭をアクトは走る。

「死んでくれよ！　俺たちのために！」

「死んでくれよ！」

「殺されてくれよ俺たちのためなんだ！」

昨日までの仲間の声が銃弾と共に追ってくる。

大きな通りに足を踏み入れた時、アクトはたまたま角の浮いていた敷石につまずいた。

姉を傷つけないように全身でかばいながら地面に転がるが、その間に仲間たちが追いついた。

「姉さんだけは見逃してくれ！」

「駄目なんだよ、アクト」

仲間のひとりが首を横に振った。泣いている。

「お前たちふたりとも殺さないと、俺たちが死んじまうんだ。俺まだ死にたくない」

「頼むアクト、俺たちのために死んでくれ！」

悪い悪いと、誰もが呟きながら、泣きながら銃を構えた。

「頼む！　姉さんだけは！」

叫ぶアクトの目の前に銃口が並ぶ。

それでも、ためらいなく引き金を引けるほど、誰もが冷徹でも冷酷でもなく、一瞬の躊躇（ちゅうちょ）があった。

西口の大ガードを「国家による管理で安心を！」「日本政府は正しい！」と、勇ましいスローガンを書き連ねたプラカードや横断幕を持ってデモ隊がくぐってくる。

「コーハク」を隠し持っていた連中は「無関係だ」として押し切った。

銃声を聞きつけた警察が止めようとするが、デモ隊は口々に「我々は暴力に屈しない！」と叫んで意気を上げた。

「我々は国の為にここに集っているんだ！　正しい事のためならいつでも死ねる！」

例の小太りなカリスマリーダーが灰色の寒空に向かって、拳を突き上げた。

「愛国心万歳！」

彼の声にデモ隊全体が「愛国心万歳！」と唱和した。

その声が、一瞬、アクトに銃を突きつけた仲間たちの注意を逸らす。

ほんの一瞬。

それが生死を分けた。

けたたましいブレーキ音とともに、大型ライトバンが両者の間に滑り込んだ。

三人ほどがバンパーにはね飛ばされる。

左右のスライドドアが開き、中から迷彩服にスキーマスク、コンバットブーツにチェストリグをつけた一団が降り立った。

「これ巻いて」

自分を立たせてくれたひとりが、聞き覚えのある声を囁きながら、アクトの首に金属の手触りのする布を巻いた。姉にも同じようにする。

「絶対に取らないで。事情は判ってるから」

聞き覚えのある声だった。

「あのひょっとして……〈時雨〉さん？」

相手はマスクの下で微笑んだようだ。

☆

「動くな、俺だ」

反対側のドアから飛びだした二人のうちのひとりが、スキーマスクの内側から怒鳴った。

「きょ、教官……」

一瞬、候補生たちは怯むが、すぐに銃を構え直した。

「あ、あのふたりを殺さないと俺たちの首が……」

と言いかけた瞬間、次々と候補生たちの首で小さな破裂音が鳴った。

その首が一斉に前に倒れ、地面に転がり落ち、続くように身体が倒れる。

「！」

首の切断面は一瞬の高圧ガスで黒焦げになっていた。

指向性爆薬――少量のＣ４爆薬を使い、爆発のガスで首を切断したのだ。

悲鳴を上げて逃げようとした者、その場に座り込んで呆然とする者、例外はなかった。

橋本が駆け寄り、ふたりほど、首にアクトとルイに巻いたモノと同じ金属繊維の布……

簡易のファラデーケージを被せたが、それよりも早く首輪が鳴って、粉雪が薄く積もり始めた路上に、首が転がった。

悲鳴が上がる。

首を失った胴体にボディカメラのレンズが光った。

なぜ、今首が吹き飛ばされたのかは明白だった。

「布を回収しろ」

後ろで、冷徹に言ったのは植木（白川）だ。

「全員死んだ。あとは制服に任せよう」

「わかった」

橋本は乾いた声で応じ、ライトバンの中に戻った。

ナンバープレートを外したライトバンが走り去って一分後、サイレンを派手にならしてパトカーが西口と東口の警備から外れて押しかけた。

しばらく、ライトバンは大通りを東へと走ると、恐ろしい勢いで路地を抜けていく。

「大丈夫か？」

橋本は、マスクを取った。

「橋本さん！」

顔色は、だいぶ悪くなり、目の下にクマまでできているが間違いなくそれは橋本泉南(せんなん)だった。

もうひとりもマスクをとる。こちらはやはり〈時雨〉だった。

ふたりの顔を交互に見てキョトンとするアクトに、

「一体どういう……」

「話は後だ、とにかくお前の姉さんを病院に連れて行く」

☆

たどり着いた、間口漁港の港湾事務所の近くの医者による、腕の傷の縫合治療もそこそこに、港に降り立った橋本は直接、香(かおり)の電話番号にかけた。

ここへ来る途中で、植木（白川）からミカサの計画については聞いている。

職工長の白川の下についていた植木は、上手い具合に計画の全容を調べあげていた。

「とにかく、全員を集めろ。奴らを停めないと、新宿で戦争になる」

あとは新宿までの移動手段だ。

これは植木がなんとか車を借りてきた。

本来なら車で二時間半かかるところを一時間四十分で到着した。

あとは香たちと合流し、身元が割れないようにして新宿まで急行した。

遠隔リモコンによる爆破を防ぐ為の布を調達したのは植木である。

自爆テロの場合外部にリモコンがあることがあるため、アメリカが開発したモノを日本の公安警察も採用してて、それを流用したのである。

「どうして俺のいるところが、……」

「それは俺がやってるんだ」

ライトバンの助手席に座った男がマスクを一瞬めくってニヤリと笑った。

植木と呼ばれていた男である。

「別れるときにアンタたちの肩を叩いただろう？　その時にちょっとした発信機をつけといた。ポケットの中探ってみな」

言われた通りポケットを探すと、確かに見覚えのないギターピックのようなものが出てきた。

樹脂製で、折りまげた跡がある。

「それだそれだ。返してもらうよ」

植木の手が伸びて、そのギターピックのようなものを引っさらっていった。

「もともとは『コーハク』の箱の中に取り付けて、元締めを探るつもりで持ち込んだんだが、意外な所で役に立ったよ」

「あの、みんなは」

「助からなかった」

橋本は苦い顔をして横を向いた。

彼にしてみても、今死んだ連中は、昨日までの生徒たちである。

心穏やかであろうはずは無い。

「お前たち二人だけでも助けられて良かった」

橋本は力なく呟き、バンのシートに身を沈めた。

歌舞伎町に車は向かい、そこの大きな病院の前で、ルイとアクトを降ろした。

「じゃ、俺はここで」

そう言って植木が車から降りた。

「こいつらはどうなる？」

「怪我人だ。まずは家族の付き添いの下で、怪我を治すのが先だろ？」

それ以上のことを、植木は言わなかった。

「怪我が治ったらふたりとも、俺が引き取りに行く」

橋本は、咄嗟に自分がそう言ってしまったことが不思議だったが、植木は驚くこともなく、ただニヤリと笑って言った。

「お前さんは、公安を辞めて正解だよ」

スライドドアが閉まる。

病院から出てきたストレッチャーがルイを乗せる。

轟音と震動が轟いたのはその時だ。

爆発の方角を見ると、粉雪の舞う中、もうもうとした煙が炎と共に上がってる。

「自爆ですかね」

ハンドルを握る〈ツネマサ〉が言うが、橋本は首を振った。

「出せ、あいつが自爆なんかするもんか」

☆

夜九時。

洲埼（すのさき）灯台から南西五キロほどの位置に、エンジン故障と称して停泊した第五イロハマル号は海上保安庁に「修理完了、これより移動する」と打電しつつ、連絡用ボートを数艘、引き揚げた。

口をへの字に曲げて、ミカサが降り立つ。

「あのお方にどう報告すればいい？」

船のブリッジに入るなり、叫んで床板をだん、と蹴り飛ばした。

ここへ帰ってくる最中、一分に一回は同じことを連絡用ボートの中でもしていた。

「まあ、いい。とにかく発進と出港だ。進路は前回言ったとおり」

「はい、高知、博多経由で釜山（プサン）、ベトナムへ、ですね？」

船員の一人が緊張の面持（おもも）ちで頷いた。この船の先代の船長は、こういう状況のミカサにうっかり失言して頭を撃ち抜かれている。

「書類の書き換えは？」

「終わってます。荷物は博多で全部積み替えです。上の偽装カーゴの再塗装も手配しました」

「職工連中は？」

「ご指定通り食事に薬を混ぜました。後は死体を始末するだけです」

ようやくミカサの額から皺がひとつ消えた。

それでも、険しい顔に変わりはない。

「とにかく、あのお方から連絡が来るまであと一時間、とにかくそれまでには撤収を開始して、東京の管轄から抜ける！」

厳しいミカサの声に乗組員たちが「はい」と返事を返す。商業船ではなく、軍用船でもこれほどまでに緊張したブリッジは存在しない。

「な、何か来ます！」

レーダーの観測手が声をあげた。

「まっすぐこっちに来ます。速いです。多分、ヘリです。それも大型」

「？」

「高度は？」

「一三〇メートル」

ヘリコプターの運航制限は海の上においても三〇〇メートル以上。最低安全高度は一五

○メートルとされている。
現在においてはドローンが許可なく飛行できる空域にも重なるため、この高度を巡航高度にするヘリパイロットは、農薬散布ヘリでもないかぎり、まずない。

エンジン音が聞こえ始めた。

「海保のヘリじゃない！」

甲板にいた部下の一人がヘッドセットで報告してきた。

「自衛隊です！　CH－47チヌークだ！」

「自衛隊？」

日本において、司法捜査に自衛隊が導入されることはない。だからミカサたちは安堵した。

「こ、高度上がりました！」

そしてヘリの爆音が近づき、遠ざかっていく。

「なんだ……？」

「夜間訓練ですかね？」

「とにかく、出港と発進作業急げ！」

慌ただしく船内を人が走る。

甲板の上の明かりが増やされる。

不意に、ミサカが頬を掻いた。

「嫌な予感がする。警備の連中に安全装置を外すように言っておけ」

言った瞬間に、空の彼方で、何かが破裂するような音がした。

十数もの風切り音が鳴って、甲板の上、偽装コンテナにいたるまで、腕一本の太さの金属の管が次々と突き刺さり、一斉に煙を噴き出した。

「しまった、空だ！」

船のブリッジの中、ミカサは自分のM４ライフルを空に向けた。

「上空から来る！」

甲板から立ちこめる煙は大量で、火災のように船を覆い、高さ一〇メートル程までになる。

しかも舳先（へさき）から風は吹き付けるから、ブリッジにも煙は向かってきて立ち上る。

そして、異様なモノが、煙の隙間から見えた。

パラシュートのついているバイク。

それには長い髪を翻す女の姿が見えた。

後ろには華奢（きゃしゃ）な、迷彩服の男。

一台だけではない。

もう二台あった。一台は長い黒髪の女のバイクと同じスポーツタイプ。もう一台はハーレーダビッドソンのツアラー型で、フロント部分にMk19自動擲弾銃（オートマチックグレネードランチャー）が設置され、こちらにはでっぷりとした大兵肥満な男が、サングラスに米軍のフリッツ型ヘルメットに、背広姿で乗っている。

悪夢か、冗談のような姿だ。

「くそ、なんだあれは！」

わめきながら、ミカサはM４を乱射した。

「アメリカ軍だ。アメリカ軍が攻めて来やがった。あんな馬鹿な真似をするのがアメリカ軍の他にあってたまるか！　新庄！」

「はい」

取り乱したミカサを冷却するように、新庄の声は冷徹だった。

「自沈装置の用意でもしますか」

「そうしろ。米軍が来るなら、このブリッジの人間以外は助からん」

「五千挺のM４が……」

「銃はまたイラクから取り寄せる！」

煙の中、橋本はパラシュートで甲板の上に積まれた偽装コンテナの一つの上に降りたって即座に伏せつつパラシュートを切り離した。

投与された自白剤の影響で、身体は重く、気分は暗く落ち込んでいるが、それよりも怒りの意志のほうが上回っている。

殺意だけは有り難いことに膨れあがっていた。

「総員警戒、敵が侵入した！」

降り立ったコンテナの端にまで匍匐前進すると、煙の中に見え隠れする指揮官の一人を、AK74で狙い撃ちした。

扱い慣れているので、見事に喉と頭に一発ずつ命中し、甲板の上の木箱に登って指揮を執ろうとしたそいつは、そのままひっくり返った。

駆け寄る他の兵士をさらに数名射殺して、素早く橋本は引っ込む。

だいぶ息が上がっている。

☆

上空からブルース・スプリングスティーンの「BORN IN THE U.S.A.」が聞こえ始めた。

今回、「何が何でも落とし前をつける」と言って金も銃も提供し、そして自衛隊のヘリのパイロットと基地司令官クラスを脅して、フライトプランにないコースを飛ばすことを強行させた張本人、ヤクザの足柄のまたがるハーレーダビッドソンに取り付けられたスピーカーから奏でられている。

覚醒剤でもキメているのかと思う程、足柄は上機嫌でパラシュートで降りていくバイクの上にまたがっている。

最近出回り始めた自動制御によるパラセールを使用しているから、安全に降りられる。とはいえ、またがったまま、というのは大した度胸だ。

白煙の中、着地すると、激しく咳き込みながら、ハーレー独自のエンジン音が轟いた。やや遅れて、煙幕の霧の彼方から、〈時雨〉と〈トマ〉、そして〈狭霧〉がまたがる電動バイクのモーター音が聞こえる。

同じく、コンテナの上に〈ツネマサ〉が着地して、パラシュートを切り離そうと悪戦苦闘する罵り声が聞こえて来た。

アレなら全員無事だろう。

橋本は呼吸を整えた。

ヘリから飛び降りる前に、人工鬱を引き起こす自白剤を中和するため、抗鬱剤を大量に打っている。

気分は悪くないが、血流がよくなりすぎたらしく、右腕の傷がズキズキと痛み始めた。

「しったことか」

呟いて、匍匐前進のまま向きを変え、反対側から降りようとすると、コンテナの上に上がる手が見えた。

見覚えのあるＰＭＣの下っ端が顔を出すのへ、そのままＡＫ74を撃ち込み、橋本は立ち上がるとコンテナの上を走った。

相手の数は四十人。気を抜けばやられる。

煙が立ちこめ続けるのは長くてもあと三分もない。

☆

タンクとボディ部分をハーレーダビッドソン、ソフテイルスタンダードの、ミルウォーキーエイト１０７エンジンを始動させると、足柄はハンドルの間に設置された、オートマチックグレネードランチャーの安全装置を解除し、

「これがご挨拶だ！（Say hello to my little friend!）」

と叫びながら、引き金を引いた。

ベルト弾倉で供給される擲弾（てきだん）は次々と煙の彼方に撃ち込まれ、爆発する。

足柄は懐に入れたＭＰ３プレイヤーのボタンを押した。

ハーレーに装着したＢｌｕｅｔｏｏｔｈスピーカーからポール・エンゲマンの「Push It To The Limit」が流れ始める中、バイクを走らせる。

崩れるコンテナも燃えさかる炎も関係が無い。

麻薬の類いを服用しているわけではないが、足柄の瞳孔は完全に開ききっていた。

「死ね死ね死ね死ね死ね死ね、みんな死ね！　俺の商売(シノギ)の邪魔をしやがる奴らはみんな死ね！　ＩＮＣＯだろうが鷗(かもめ)だろうが関係あるか！」

わめきながら、足柄はグレネードを乱射しながらコンテナの迷路の中を疾走し、グレネードを撃ち尽くすと、固定レバーを外して放り出し、フットレストの前に固定した革のホルダーから、ドラムマガジンを装着したＵ．Ｓ．ＡＳ12コンバットショットガンを取り出して構えながら、バイクから飛び降りた、
態勢を整えたミカサの部下たちが角を曲がった瞬間、ハーレーが横滑りしながらその足下へ直撃する。

音楽はデボラ・ハリーの「RUSH RUSH」になっていた。

避け損ねた数名が巻きこまれ、ハーレーと共にコンテナの壁へ叩きつけられる中、甲板から素早く起き上がった足柄が、ショットガンを叩き込む。

防弾ベストとはいえ、相手は散弾、しかも十二番ゲージという大口径弾である。それがフルオートで撃ち込まれる。

顎や喉、あるいは股間や足に銃弾を浴びせられ、骨を砕かれ重要な血管を引きちぎられて、兵士たちは倒れた。

それでも息のあるものがＭ４ライフルを構えて撃ちまくるが、足柄はその巨体に似合わず素早く物陰に隠れ、たまに手足に当たっても、南米の麻薬王たち御用達の防弾防刃のジャケットが弾丸を防ぐ。

「痛えぞこの野郎！」

そう怒鳴った彼のショットガンがその兵士をも撃ち倒す。

「死ねや、死ねやごるぁ！」

叫びながらショットガンを撃ちまくる足柄の背後に、ナイフ片手の兵士が忍び寄ろうとするが、〈ツネマサ〉がその頭を撃ち抜いた。

「油断しすぎだろう、大将」

隣に降りたって隙なくＡＫを構えながら〈ツネマサ〉が言うのへ、

「知ったことか、弾なんてモノは当たるときは当たる、当たらねえときは一発も当たらねえ、そういうもんだろが」

と足柄は答え、銃弾を撃ち尽くしたショットガンを放り出すと、腰の後ろから銃床を外し、レーザー照準器付きのフォアグリップを装着したB&T（ブリュッガー・トーメ）・AG・ACPを取り出して撃ち始めた。

「……ったく、高い銃ばかり持って来やがって」

「うるせえ、貧乏臭いAKなんて使えるかよ！」

細長い弾倉を取り替えながら足柄。

「こいつはスイス製の最高級品だ。オマケに弾だってただの9㎜パラじゃない。一発四ドルもするダニーダガー。クラス3Aのボディアーマーだってぶち抜く。土壇場で命預けるならこういう銃と弾だよ！」

言いながら足柄は、迷路のようなコンテナを用心深く、そして時に大胆に進み、物陰から飛びだしてくる敵を確実に仕留めていく。

最初は闇雲に撃つばかりだったのが、どうやら場慣れしてきたらしい。

（ヤクザってのは土壇場の度胸の据わり方が半端ねえとは聞いてたが）

内心舌を巻きながら、〈ツネマサ〉はそれでも油断なく周囲を警戒し、忍び寄ろうとする敵を撃つ。

空薬莢が甲板の上に跳ねる中、〈ツネマサ〉は素早く弾倉を取り替える。

まだ、五、六発残っているが、それを惜しんでいる状況ではない。

「ブリッジまで走れるか？」

「ああ、脚には自信があるんだ。健康の源だからな！」

「よし、援護する」

「ツーマンセルか、映画で見たぜ」

「お前の知識は映画ばかりかよ」

「マンガもあれば動画もあるぜ。昔のガンマニアとは違うんだ」

「当たって倒れても死体は置いてくぞ」

「当たり前だ、ヤクザだぞ、俺は。死ぬ時は地べたの上じゃなきゃお天道様が西から昇らあ。手前ぇこそ、元たぁいえ、自衛官様がチンピラＰＭＣにやられて屍さらすんじゃねえぞ」

「大きな御世話だこの野郎」

言いながら〈ツネマサ〉は倒した敵のＭ４Ａ１を奪った。ピカティニーレールを装備して、あれこれ装備品がついているのが鬱陶しいが、弾薬はこれで増える。

ＡＫを背中に回して、弾倉を取り替えたＭ４を構えた。

ついでに、腰の拳銃を、と思ったが、ちゃっかり足柄が相手のホルスターからガバメント系の銃を抜いて、自分のベルトに差していた。

「お前にはご立派なリボルバーがあるだろうが」

「うるせえ、こいつはＳＩＧの１９１１だ、高級品だぞ、オメエには勿体（もったい）ねえ」

「鉄砲の重さで動けなくなってもしらねえぞ」

不意に足柄が〈ツネマサ〉にＡＣＰの銃口を向けた。

反応する暇もなくＢ＆Ｔ・ＡＧ／ＡＣＰが火を噴き、コンテナの上を通り〈ツネマサ〉の頭上から襲いかかろうとしたＰＭＣの一人が転がり落ちた。

「拳銃ならそいつの銃を使え」

「ありがとうよ」

　にやりと笑う足柄に吐き捨てるような口調で礼を言い、〈ツネマサ〉はＰＭＣの腰から使い古してところどころ銀の地肌の見えるＨ＆Ｋ（ヘックラーコック）のＵＳＰを引き抜いて、自分のベルトに差した。

「さあ、行くぞ」

「おうよ」

　言って、二人は走り出す。

☆

〈時雨〉はコンテナの上に着池した瞬間、迷うことなく電動バイクのアクセルを開け、コンテナの迷路の上を疾走した。

後ろに乗せた〈トマ〉はぎゅっと目を閉じ、彼女の腰にしがみついたままである。

コンテナが途切れたところでは迷わずアクセルを開けて飛び越え、煙たなびく中を、あっという間にブリッジまでたどり着いた。

入り口を守っていた兵士二人を、手にしたAKの下に装着されたグレネードランチャー(これは今回、怒り心頭に発した足柄が提供したモノだ)をぶちこんで吹き飛ばすと、そのまま甲板にバイクごと飛び降り、破壊されてまだ燃えている入り口をくぐって船内に突入する。

二人のヘッドセットから流れている曲はエイミー・ホーランドの「She's On Fire」に変わった。

予定ではそろそろ煙幕は甲板からほとんど消えている。あと三曲終わるまでに、任務を終える必要がある……今回、場所が広範囲になることと、員数外である足柄が参加するため、作戦連携と進行時間の確認を音楽で行うことになっていた。

選曲は足柄である……てっきりド演歌になると思っていたが、今どきのガンマニアを自称するだけあって、その辺は洒落ている。

「〈トマ〉くん、撃って！」

「は、はいっ！」

慌てて背後の〈トマ〉が、Ｍ４系伸縮型ストックに取り替え、光学照準器とドラム弾倉を装着したＡＫ－１０１を〈時雨〉の肩越しに構えて引き金を引いた。

出てくるミカサの部下たちを片っ端からなぎ払いつつ、〈時雨〉は操舵室を目指す。

☆

〈狭霧〉は撃たれそうになったため、迷わずコンテナの上からバイクを着地させ、数名のミカサの部下であるＰＭＣを踏み潰し、甲板を走ったため、十秒ほど遅れてブリッジに突入した。

こちらは貨物室を目指す……囚われている職工たちを助ける為だ。

階段を電動バイクで駆け下り、雑魚寝している寝室へと突入するが、ドアを破壊したのに、ずらりと並ぶベッドに睡っている人々は身動ぎすらしていない。

いや、何名かがベッドの下に落ちていた。

喉を押さえ、床をかきむしる格好で息絶えている。

口からは血の泡、目からは血の筋……何らかの毒物を与えられたのは間違いない。

ベッドの数はざっと見て七十。誰一人もう、動く者はいない。

「ウソだろ……勘弁してよ」

ぎりっと〈狭霧〉の奥歯が鳴った。

「〈ボス〉、全員職人の人たちは死んでる……生き残りはいない」

『……判った。予定通りにしろ』

「了解」

答えた〈狭霧〉の背中に銃弾が浴びせられた。

だが、背負っていたダッフルバッグの、さらに表面に縛り付けた防弾プレートに当たっただけだ。

素早く振り向くと、バイクのカウル部分に装着したホルダーから、ＡＫ－１０１のストックを外し、銃身を大胆にぶった切って大きなフラッシュハイダーを装着したＡＫピストルを取りだしざま、勘だけでぶっ放す。

ドアの向こう側に隠れていたＰＭＣは壁の鉄板を貫通した弾丸に撃ち抜かれて倒れた。

「……ったく、爆発したらどうしてくれるんだよ！　バカ！」

死体に罵り声を浴びせながら、〈狭霧〉はバイクをアクセルターンさせた。

背中に背負っているのは、大量のC4爆薬である。

☆

ベス・アンダーソンの「Dance Dance Dance」のイントロが始まる頃には、〈時雨〉と〈トマ〉はブリッジの制圧を終えていた。

散乱する空薬莢と、壁や窓に残る弾痕、そして死体。

窓ガラスも天井も、びっしりと弾痕だらけの船内には、死の臭いが充満している。

驚いたことに船員たちまで銃を使って応戦してきたので、遠慮なくふたりは、手榴弾も放り込み、全員を撃ち倒している。

それでも〈トマ〉がバイクから降りてあちこちを見て回った。

「〈ボス〉、奴は逃げてます……でもブリッジって抜け道なんて……あら、窓からロープ」

〈トマ〉が窓枠に結びつけたロープをかざして見せた。

「この広い船の上でかくれんぼは少々手間取りますわね」

『窓から離れて物陰に隠れろ』

橋本は即座に答えた。

『甲板上にいるものは総員待避、物陰に隠れろ。これから甲板で爆発が起こるぞ』

☆

「甲板上にいるものは総員待避、物陰に隠れろ。これから甲板で爆発が起こるぞ」

橋本はそう命じながら、ベルトのパウチから、止血用のパラコードを取りだし、船の手すりの下に固定すると、そのまま船から飛びだした。

放り出された振り子の要領で、橋本は船の外壁に着地する。銃声が絶えて、潮の匂いと波音が、今さら耳に染み渡った。海の水の煌めきが一瞬、橋本の目の片隅に映る。

舷側にぶら下がると同時に、爆発音がして、擬装用のコンテナが四方八方に飛び散った。

橋本の頭上を、無数のコンテナとその破片、放置された兵士たちの死体が飛んでいき、夜の海にバシャバシャと水煙が立ちこめるほどの水柱で出来た壁が無数に生まれる。

本来、油圧式で開くはずの、偽装コンテナで作られたハッチを、指向性爆薬で吹き飛ばしたのだ。

爆風と煙が収まったのを確認し、橋本はゆっくりとパラコードを伝って甲板に、這うようにして戻った。

綺麗さっぱりコンテナの山が無くなった甲板の真ん中で、UH－60ブラックホークがゆっくりとローターを回し始めた。

周囲にはミカサの部下たちが油断なく銃を構えている。

「全員無事か?」

『〈時雨〉、〈トマ〉ともに無事です』

『〈ツネマサ〉、〈キンタ〉ともども無事です。爆発ギリギリでブリッジの下にいます……でも扉が歪(ゆが)んで開かないんで甲板に戻るのは時間が掛かります』

〈キンタ〉とは足柄のコードネームだ。

ポール・エンゲマンの「Success」がかかる。当初の作戦設定ではそろそろ〈狭霧〉の準備が整う筈だ。

『〈狭霧〉、準備終わりました……で、さっきの爆発なに?』

「敵がヘリで逃げる」

橋本が簡潔にいうと、

『なに、親玉野郎はいきてんのか!』

〈ツネマサ〉のヘッドセットを奪った足柄の怒鳴り声が響いてきた。

「今行く、すぐ行く、ぶっ殺しに行く! 〈吹雪(ふぶき)〉の旦那、足止めしておいてくれ!」

橋本の正式な暗号名を怒鳴りながら、ガンガンとブリッジのある方角から金属をぶっ叩く音が聞こえ始めた。

ミカサの部下たちがそちらを向く。

いいチャンスだった。

橋本は腹ばいの姿勢から片っ端から狙いをつけ、次々とミカサの部下たちを始末していった。

今ので三人。残りは何名だろうか？

ブラックホークに搭乗できるのは乗員乗客あわせて十五名。

ヘリ周辺にまだ五人いる。

ここへ来る直前に見た、ミカサの経歴からするとヘリの操縦は出来ないが、新庄には出来る。

銃声から敵もこちらの位置を把握して撃ち始めた。

コンテナの残骸まで転がる。

通常の鉄板程度なら貫通する5・56㎜口径弾だが、貨物コンテナの金属の分厚さと頑丈さはそれすら易々と弾く。

『〈ボス〉』

病院に残してきた香から不意に通信が入った。

『ルイが死にました。ナイフに毒物が塗られてたそうです』

胃の中に氷の塊が落ちた。

「アクトは？」

『姉のことを知ると、そのまま飛びだしていって……』

「そうか。もう通信してくるな」

短く命じ、橋本は通信機そのもののスイッチを切った。

橋本はＡＫの銃身下に装着した擲弾筒（グレネードランチャー）の引き金に指をかけた。

素早くバリケード代わりにしていたコンテナから身を乗り出し、撃ち込む。

これまでの戦闘でもうこの一発しかない。

だが、海風に流され、グレネードはヘリの後方で爆発した。

あちらからの銃撃が激しさを増す。

ヘリのローターは着実に回転速度をあげていく。

弾倉を入れ替える。

予備はない。

あとは腰にあるマカロフ。そしてコンバットナイフだ。

待つべきだ、と理性が囁いた。

いずれ、〈時雨〉たちもブリッジから出てくる。

橋本は、側に転がっていたコンテナの大きめの破片……ちょうど畳で半畳分ほどあった……を先ほど舷側にぶら下がるときに使ったパラシュートコードで左腕の上腕部にグルグル巻きにして固定して、それを構えて突っ込む。

銃弾が次々と橋本の身体を掠め、ヘルメットと盾に命中した。

右の太腿を銃弾が貫通した。

構わず撃つ。

一人死んだ。

左のふくらはぎの横を弾丸が裂いた。

撃つ。撃つ。

二人目が死に、三人目が死んだ。

銃弾の集中が激しくなる。

AKの弾が切れた。

盾を甲板に立てかけるようにしてAKを後ろに放り出し、マカロフを抜いて初弾を装塡。

予備弾倉は二本。

再び立ち上がり、歩き始める。

銃弾が集中した。

引きちぎれて薄くなった縁の部分を銃弾が貫通し、耳の脇を過ぎていく。

構わずマカロフの狙いをつけて撃った。

もう一人死んだ。

あと一人。

いや、新庄とミカサがいる。

橋本の脳裏にルイとアクトの笑い顔が浮かんだ。ファミレスで食事をしているときに何度か見た笑顔。

そして四十人の男たちの笑顔。上陸前の、飯を食ってるときの、あるいは訓練が上手くいって橋本に褒められたときの。

警護をしている最後の一人を撃ち倒すと、ブラックホークのドアがスライドして、M4を構えた兵士がさらに四人出てきた。

橋本は走る。盾は棄てた。

もう距離は二〇メートルもない。

途中で自分が倒した奴を引き起こして盾にし、M4と弾倉を奪った。

何発残ってるか判らない弾倉を外し、新しいモノを叩き込む。

撃ちまくった。

仲間の身体に当てながら、相手は着実にこちらを包囲しようとする。

が、爆発音とともに、黒い塊が二つ、疾走してきた。

コンテナの残骸を跳ね飛ばし、突き進みながら、二台のバイクの、それぞれの後部座席に乗せた人物たちが、発砲を開始した。

〈トマ〉と足柄だ。

〈トマ〉はＡＫ、足柄は両手に特注のスマイソンを握っている。

遅れて〈ツネマサ〉も走りながら発砲する。

突如の援軍に対応するよりも先に、残った敵は頭を撃ち抜かれて死んでいった。

スライドドアの彼方、機首側の座席にミカサの姿を認める。

橋本はマカロフに最後の弾倉を叩き込みながら、ヘリに飛び乗った。

ブラックホークは高く飛び上がる。

ヘリの床に滑り込みながらミカサに銃を向けて三発を撃つ。

銃弾は逸れ、ヘリの中で火花を散らして跳弾すると、一発はコックピットに血染めの花を咲かせ、フロントガラスに鮮血を散らすと同時に、もう一発が計器盤の別の箇所に穴を開け、最後の一発が側面の窓を撃ち抜いた。

あと五発。修正した二発が一瞬前までミカサの頭があった部位のヘッドレストを撃ち抜いた。

ミカサは横に転がりながら銃を抜こうとする。

さらに一発。至近距離で右肩の付け根を撃ち抜いた。

ミカサが悲鳴を上げて窓に背中をぶつける。

ヘリは警告音を出しながら急旋回していく。

窓の外の風景が横に流れた。

橋本の首に誰かの腕が絡みつく。

「この馬鹿野郎！」

新庄だった。

ヘリの中で銃を使うわけにも行かず、そのままへし折ろうとした一瞬の隙、構わず、橋本はマカロフを相手の脇腹に押しつけて引き金を引く。

一発目で相手の手が離れた。

振り向きざまにミカサの顔面に肘（ひじ）を入れ。最後の一発を新庄の鼻の付け根に向けて撃ち込んだ。

真っ赤な鮮血が背後の壁と、ドアの窓を染めた。

橋本はそのまま呆然とするミカサの喉元を摑んでスライドドアに叩きつけた。

すでに貫通していた銃弾によって入っていた亀裂が深くなる。

天地がひっくり返った。

ヘリが錐揉み状態になって海面へと突っ込む一瞬、橋本は腰のナイフを引き抜いて、ミカサの口の中に突っ込んだ。

切っ先が頸骨に滑り込み、骨のはずれる音を聞いたのは、間違いない。

あとは、ナイフ自体をミカサの口の中に突っ込んだまま、思いきり捻って、口から漏れる奴の最後の苦悶を聞きながら、ヘリが着水し、機体がひしゃげ窓が砕け、橋本の意識はそこで途絶えた。

終章　千日手

年が明け、二月の初旬。

北海道の片隅にある小さな飛行場の格納庫とは名ばかりの巨大なプレハブの前に、かつて「御堂(みどう)」と名乗っていた老人は、小さな乗用車で乗り付けた。

ここへ来る途中、中古屋で購入したスバル・フォレスターSGは、雪深い北海道を息を切らしながら走ってきたが、その車内に、後部座席に積んでいたアメリカ製の強力な漂白剤を振りかけていく。

ここまで一切手袋を外さず、髪の毛にも注意したが、それでも万が一、DNAを鑑定できるものが残っていた場合、それを消去するのに、これほど楽で確実なモノはない。

出来ればホワイトガソリンを使って、車の中にある走行距離などの情報まで消してしまいたいが、その余裕はない。

格納庫の扉は開いている。

ここ数日、珍しく雪が降らず、滑走路も除雪は終わっていた……もっとも、それだけの金は支払っている。

セスナ１７２と、最近ドローンに農薬散布のお株を奪われてしまったベル２０６Ｂ－３ジェットレンジャーⅢが奥にあり、格納庫の入り口近くには、ビジネスジェットのスタンダード、エンブラエル社製フェノム３００が翼を休めている。

が、約束の出発時間まであと一時間だというのに、格納庫には誰もいない。

「おい、誰もいないのか！」

彼は叫んだ。

その左腕で一本数千万する腕時計、オーデマ・ピゲが光る。

「ここの空港の職員なら、暫く席を外して貰ったよ」

かつん、と音を立てて、松葉杖を突きながら、橋本泉南がヘリの陰から姿を現した。

同時に、倉庫に並んだドラム缶の陰から〈時雨〉と〈ツネマサ〉が、そして入り口から足柄と〈狭霧〉がそれぞれＡＫを構えて――足柄だけは例のスマイソンだったが――現れる。

「ほう、どうやって私の居場所が？」

「今回の事件ではミカサを使ったのがそもそもの間違いだ。あの男はお前を怖れていたが、同時に生き残る為のあらゆる手段を講じてた。逃げるときに奴のポケットにはお前さんに関するデータが色々残ってたよ。顔写真、動画、それに音声……オマケに奴自身の口座情報もあった。あとは」

橋本が手を挙げると、スキーマスクを被った〈トマ〉がオドオドしながら現れた。

「俺たちの仲間で有能なハッカーに頼んだ」

「IPアドレスとかは残してませんでしたがね？」

「い、いえ……」

一人だけ、すっぽり頭全体を覆う迷彩柄のスキーマスクを被った〈トマ〉が勇気を振り絞るような声で否定した。

「あ、あなたの腕時計を追いました。あなたはいつも高級な腕時計をしています。それも毎回、毎日違うものを着用してる。でも中でもお気に入りはリシャール・ミルの限定モデル、昨日着けていたRM011CAフェリペ・マッサ」

「で、二ヵ月前だ」

橋本はコートの内側からスマホを取り出して見せた。

「お前が最後にミカサの所に来た時の動画写真を解析した……お前の腕時計が三分遅れてる」

「……なるほど、だから私が修理に出すと」

「ええ。こんな腕時計を修理できる人間は国内でも、国外でも限られてます」

「そこから私を掴んだ、と」

「ええ」

「で、どうなさいます？　私を逮捕するんですか？　腕時計を修理に出した罪と、いくらでも加工できる画像を使って？　ディープフェイクだ、と私がごねれば仮釈放にはなるでしょう」

「で、その間にお前は顔を変え、国外へ逃亡……だろ？」

懐にスマホを戻した次の瞬間、橋本の手がかき消えた。

マカロフが男の両脚を撃ち抜いた。

悲鳴を上げて「御堂」は両膝を突いて転がる。

「わかった、何でも話す！　話すから！　私は、私はただの操り人形なんだ、全ての指示は『彼』から届く！」

「知ってる」

橋本は呟くように言った。

「この二ヵ月、お前を追いながら色々調べた。お前あてにかかってくる衛星電話、毎日十一時半にかかってくるネット通話、振り込まれる金はどう考えてもダークウェブでINCOが稼ぐ金にしては少なすぎる」

「知ってる限りのことは教える！」

「いや、いらない。お前のことはお前以上に俺たちは知っている。浜田雅彦。二十二歳、FX取引で十二億の借金を作った大学生、親を殺して保険金を得ようとしたが失敗、焼身自殺をしたことになってる」

「……なんで……」

「指紋も手術で変えたが、ついでに筆跡も変えるべきだったな。お前の腕時計の修理依頼書を分析にかけたら出てきた……いや、口の硬い時計職人の知り合いを作るべきだった」

「頼む、頼む俺は『あのお方』については重要な情報を……」

「オメエが知ってるぐらいの情報は、俺っちのほうでも調べがついてらぁ」

　足柄が撃鉄を起こした。

「なあ、旦那、コイツ殺していいか？」

「ま、待ってくれ！」

「御堂」は懐から小さな携帯電話を取り出した。

ガーミン製のイリジウム携帯。

「もうすぐ『彼』から連絡が来る、『彼』から……」

その携帯が鳴った。

「は、はいっ！」

反射的に出た「御堂」が驚愕の顔をした。

「あ、あなたに……」

真っ青を通り越し、紙のような白い顔色になった「御堂」から橋本は携帯を受け取った。

『やあ、公安の人。とうとうここまで来たんだ。しつこいねー』

舌足らずな声が聞こえた。

年若い。まだ十代の半ばの声。

「お前が……」

『そう、INCOだよ。この人までよくたどり着いたね。凄いよ。日本の警察がたどり着くのにはまだ五年ぐらいかかるんだろうなーって思ってた……えーと、お巡りさんだよね？』

「……ずいぶんと若いな」

橋本は相手の質問に答えなかった。

INCOの正体が少年、ということへの衝撃は、あまりない。

むしろこれまでの出来事と無邪気な故(ゆえ)の邪悪さに納得する思いだった。

『うん、まだ十四歳だよ』

あははは、と明るい笑い声がした。

『だから僕を捕まえようとしても無理だよ。刑事責任がないもの』

ぞわぞわとした、冷たいモノが橋本の背中を流れていく。

『それとも、いつもみたいに僕も殺す？　子供だよ？』

「なんでこんなことをする？」

『色々だよ。複雑な事情って、大人だけが抱えてる訳じゃないんだ……でもまあ、楽しいからかな？　この世界ってどうせ終わるし』

「なんだと？」

『僕頭がいいからね、色々調べて考えた。人にも聞いた。でもいつも結果はひとつ。この国も世界も、いずれ経済的に破綻して、破滅する。この前の疫病騒動で判(わか)ったでしょ？　世界は結局自分の国のことしか、どころか、世界の偉い人たちは自分たちが一日の間にやりとりする人間のことしか守らないし、考えない、って……あのワクチン開発までに何人死んだの？　経済封鎖で何千万人も失業したし、自殺者もイッパイ出たでしょ。あとは経済格差が進んで、選ばれた人だけが安全な世界で暮らして、お金のない人たちはその外で怖い思いをしながら暮らす世界……もう破滅だよね、だから僕は塀の中にいたいんだ』

何も言わず、橋本は目で〈トマ〉に合図した。

頷(うなず)いて、〈トマ〉は必死にノートＰＣを操る。基地局衛星局を調べあげ、今、誰がここに電話をかけているかを。

「塀の中か」

『そう。高い高い塀の中。世界がまた疫病で滅んでも、僕と友だちは安全に暮らせる世界が欲しいから……ねえ、これぐらい話せば逆探知できる？』

「彼」は楽しげに笑った。

『出来たよね、きっと……もう僕から君たちに手出しはしない。捕まえに来られるなら来てよ！　でも、そうなったら本当に僕らと戦争になるよ？　じゃあね！』

ケタケタと甲高い笑い声がして、電話は切れた。

「どうだ？」

「……出ました！」

と声を上げた〈トマ〉の肩が、次の瞬間にはガックリと落ちた。

「……国会議事堂から、ってことになってます」

「予想済みだった、ってことか……」

橋本は溜息をついた。

ぱちん、と何かが弾ける音がした。

「あ……あ……」

「御堂」と呼ばれていた男は口を塞いだ。

頬が内側から弾けて、肉が裂け、砕けた数本の奥歯が見えた。

押さえた指の間から泡が噴き出す。

「息吸うな、逃げろ！　建物から出ろ！」

口元を押さえて叫ぶ。

全員が建物の外に出て、振り返ると「御堂」は痙攣し、やがて身動きを停めた。

「な、なんです、あれ……」

「やつが受けた整形手術には、抜けた奥歯のインプラント手術も入ってたな」

橋本は溜息をついた。

「まさか……」

「奥歯三本の大きさに、人が一人死ぬ分のガスと起爆装置を封入するぐらい、今の技術なら出来るだろうよ」

足柄がうんざりした顔で言った。

橋本は、何も言わず、イリジウム携帯を地面に叩きつけようとして、辛うじてそれを止めた。

姉であるルイが死んだ日の夜明け、アクトの自殺した遺体がお茶の水の裏路地で発見された。

歩いて、アクトはそこまで行ったらしい。

姉が死んで混乱し、ただ歩くしかなかったのだろう。

そして、持っていたナイフで喉を掻き切って息絶えた。

その懐から、周辺で配られていたパチンコ屋のチラシの裏に、下手な字で「ありがとう、はしもとさん。ねえさんにあやまってきます」と書かれたものが見つかった。

その紙は、橋本の懐にある。

「〈トマ〉、何が何でもこいつから奴の手がかりを摑んで、居所を突き止めろ」

「は、はい……」

「でもよ、さすがにヤクザ(俺たち)もあんたたちも、ガキは殺せねえだろ？」

スマイソンをしまい込みながら足柄が溜息をついてソフト帽を懐から取りだして被った。

「それに、ＩＮＣＯを本当に敵に回したらヤバいですよ、ダークウェブ全体を敵に回すのと一緒ですよ？　日本のサイバーセキュリティや警察じゃ、どんなに頑張っても勝てませんって！」

　ここへ来る前からすっぽり顔を覆うスキーマスクを被った〈トマ〉が悲鳴のような声を上げる。

「関係ない」

　橋本は冷たく言い切った。

「あいつらは敵だ。それも今の日本で、ああいう連中を相手に出来るのは俺たちぐらいだ。他に任せられる相手がいない以上、俺たちがやるしかないんだ」

「でもガキ……いえ、子供ですよ、〈ボス〉？」

〈ツネマサ〉が戸惑った表情で橋本に気弱に翻意を促すが、橋本の決意は変わらない。

「ＩＮＣＯは確認されているだけで七人いる……あの子供の後ろには誰かがいる」

　橋本は仲間たち一人一人の顔を見ながら続ける。

「どんなに頭の回る子供でも、そいつだけでダークウェブに君臨は出来ない。残り六人のうち、誰かは大人だ。ガキに悪知恵を授けた大人だ。まず、そいつから叩く」

「でも……ガキのほうがリーダーだったらどうするんですか？」

「その時には手足をもぐ、と考えればいい」

　橋本の答えは揺るがない。

　ＩＮＣＯとはやり合うしかない。最終的には潰し合いをするしかないのだ。

「やるしかないんですよね」

〈時雨〉があっさりと微笑(ほほえ)んだ。

　この女には、そういう意味での肝が据わっている。

「ああ。俺たちはそのために存在する」

　橋本は、言いながら拳を握り締めた。

　そうでなければ、顔向けが出来ない人間が、山のようにいる。

　栗原(くりはら)警視監たちのことではない。

　死んでしまったアクトやルイ、四十人の生徒たち。

　あの「キルドーザー」事件で自分が手にかけた男女……そして、有野(ありの)。

「警察に通報して、引き揚げるぞ」

　そういって、橋本は歩き出した。

　何も言わず、ＫＵＤＡＮ(クダン)の仲間たちは後を追い、肩をすくめ、足柄もそれに続いた。

　雲は暗く重くたれこめ、東京とは違う、ずっしりと重い雪が舞い落ちてくる。

　二月頭の風はただ、ただ、冷たい。

この作品は徳間文庫のために書下されました。
なお本作品はフィクションであり実在の個人・団体などとは一切関係がありません。

徳間文庫

警察庁私設特務部隊KUDAN
ジャパン・ガンズ

2021年4月15日 初刷

著者 神野（かみの）オキナ
発行者 小宮英行
発行所 株式会社徳間書店
東京都品川区上大崎三—一—一
目黒セントラルスクエア 〒141—8202
電話 編集〇三(五四〇三)四三四九
販売〇四九(二九三)五五二一
振替 〇〇一四〇—〇—四四三九二
印刷 製本 大日本印刷株式会社

ISBN978-4-19-894640-1